「もう、俺はおまえから離れない。
おまえを泣かさない。
おまえがそう、望んでくれるなら」
「ずっと前からそう言ってる。
私から離れるな馬鹿が」
二人で手を取り合って、
そこに体温を感じる。
他人《ひと》の体に触れて初めて、
自分が生きていていいのだとわかる。
大伝説の勇者の伝説
17
団子娘の出す答え

「まあでも、褒めてやってもいいけどね」
「なにを？」
「あんた、ずっと死にたがりだったから。でもやっと思春期は終わって大人になりましたか」
「なれてりゃいいけどねぇ」

とそこで突然、
「もうえっちなことはしたの？」
なんてことをピアが言って、
ライナはあきれる。

「なんで剣持ってるの？」

と聞くと、彼女はあっさり答える。

「剣の一族だからだ」

つまりルシルも一緒ということだ。

エリス家は、剣の一族だから。

大伝説の勇者の伝説17
団子娘の出す答え

鏡 貴也

ファンタジア文庫

2393

口絵・本文イラスト　とよた瑣織

目次

勇者王
レファル・エディア
北大陸を制圧したガスターク帝国王
身体の一部を捧げて破壊をもたらす、
グロウヴィルの持ち主
悪魔王
ライナ・リュート
スフェルイエット民国
◆フェリス・エリス
ライナの相棒。剣の達人にして
超絶美少女、だんご好き
◆キファ・ノールズ
各国の情勢に通じる元スパイ。
ライナに想いを寄せる
◆ヴォイス・フューレル
元詐欺師グループの総帥。
スフェルイエットを裏で操る
Three Kings...

英雄王
シオン・アスタール
〈勇者《アスルード・ローランド》〉の力を持つ
ローランド帝国の王
南大陸を統一後、
中央大陸に侵攻中
新しく建国されたスフェルイエットの王
瞳には、七色の涙形の紋様が浮かぶ
ローランド帝国
◆ルシル・エリス
ローランド王を守護する
〈剣の一族〉。フェリスの兄
◆カルネ・カイウェル
ローランド軍・少将。現在、
レムルス帝国に囚われの身
◆ルーク・スタッカート
ローランド軍・軍曹。各国での
諜報活動を担当している
◆クラウ・クロム
ローランド軍元帥。
紅指のクラウの異名を持つ
◆ラッヘル・ミラー
ローランド軍元帥。
シオンの革命を
陰から支援していた
◆ミルク・カラード
〈円命の女神〉と同化した、
「忌み破り追撃部隊」隊長
その他の勢力
◆レムルス・レムルド・アークエド
自らの命と、レムルス帝国の国民のすべての命を使って、
神々の世界への干渉を防ぐ大規模な結界を張った
◆リューラ・リュートルー
元ローランドの貴族で最高位の魔導学者。ライナの父
◆ピア・ヴァーリエ
《蒼の公主》と呼ばれる傭兵団の女王。
ライナとは兄弟弟子
◆エーネ・ルネ
魔眼保持者たちの盟主。
『未来眼』の保持者。ルシルに殺害される。
◆ティーア・ルミブル
『殲滅眼』の保持者で、人間を深く憎んでいる。

大伝説の勇者の伝説
MAP
前巻までのキャラクターの動きをチェック!
北大陸
ガスターク帝国
エルトリア共和国
侵攻
中央大陸
砂漠
スフェルイエット民国
旧レムルス帝国
ローランド帝国
一挙集結!
南大陸
メノリス大陸

プロローグ　なぜ君は生きるのか

思い出す。

くだらない会話を。

そう。

いつも思い出すのはくだらないことばかりだ。

くだらないだんごの話とか。

くだらない昼寝《ひるね》の話とか。

お金がないからくれよ王様だろとか。

うるせーおまえちゃんと仕事しろとか。

枕《まくら》があったらどこでも寝《ね》られるとか、おまえ枕なくてもいっつも寝てるじゃないかとか。

とにかく馬鹿馬鹿《ばかばか》しいことで笑って。笑って。笑って。

そしてまた、今日も思い出す。

執務室《しつむ》の中。

いまはいない、ライナが座っていた机を見て——


「なあライナ」

「んー？」

「なんかさ」

「うん」

「おまえ……将来なにになりたいんだっけ？」

「は？　なにそれ」

「いや、なんか目標とか夢とかあるのかなーとか思って」

「だからなんだよそれって」

「いいから答えろって」

「そもそもおまえ、俺が夢とか目標を頑張《がんば》って追いかけちゃうような奴《やつ》に見えるのか？」

「全然見えない。寝癖《ねぐせ》ついてるし。あほそうだしな」

「じゃ聞くなよ。終わり。完。俺は寝る」

「寝るなよ」

「寝かせろよ。お昼寝タイムなんだよ」

「おまえ一時間前に昼寝から起きてお昼ご飯食べたとこじゃないか」

「やべぇもう一時間も起きちゃったよ～」

「おーい」

「んじゃおやすみー」

「まったく……でさ、ライナ」

「ぐー」

「おまえは将来なにになりたいんだっけ？」

「ぐー」

「ライナ」

「ぐーぐー」

「ライナくん」

「ぐーって言ってんだろ」

「言ってる奴は起きてんだろ」

「おまえがうるせぇから眠《ねむ》れねぇんだよ！」

「寝かさないぞー」

「寝かせてよーん」

「将来なにになりたいか言えよ」

「だからなんだよそれって」

「夢とかさ、なんかあるだろ。五年後にかなえたいこととか。十年後に達成したい目標とか。一生をかけて到達《とうたつ》したい夢とかさぁ」

「夢ぇ？　夢かぁ……なあシオン」

「ん？」

「おまえは知らないかもしれないけど、夢ってさ……ゆっくりと心を落ち着けて、寝てから見るもんなんだぞ」

「おおお、なんかちょっとうまい返しきた」

「勝った。じゃあそういうことで。俺は寝るおやすみ」

「ラーイナ」

「こいつうるせぇえええええ。なんなの？　寝るって言ってんじゃん」

「俺関係ないし」

「ぜったいおまえ嫌《きら》われてるよ」

「こーれがみんなに愛される王様なんだよなー」

「俺以外の騙《だま》されてるみんなな」

「とかいってライナも俺のこと好きなくせに」

「嫌い」

「とかいって俺のこと」

「ってかまじでうるさい」

「じゃあ俺を好きって言うか、もしくは将来の夢を語るかの二《に》択《たく》で」

「じゃあ好き好き」

「えー」

「んじゃおやすみー」

「…………」

「…………」

「…………」

「…………」

「なあライナ。おまえ、夢とか」

「てめぇはぁあああああああ！」

と、あの日。

いつもみたいに執務室に二人でいる時間に、ライナは叫《さけ》んだ。

だがシオンは知っていた。このいつも眠そうな顔をしている男には、夢があることを。

それを彼がレポートにまで書き残していることを。

それはかつてローランド帝国《ていこく》がひどい国だったころのこと。

牢屋《ろうや》の中で一人、この世界をどうよくしていこうかと考えたものだった。

人が死ぬのが嫌いで、なのに人を傷つけてしまう自分がもっと嫌いで。

それでも呪《のろ》われた瞳《ひとみ》を持つ自分が、なにか、なにか、なにか、この世界に、未来に、できることはないかと葛藤《かっとう》し、進もうとする決意表明書。

その中には、理想と夢が詰《つ》まっていたように思う。

シオンは初めてそれを読んだとき、心の底から、自分が独りじゃなかったと思えた。

ライナが牢に入って二年。

ずっとずっと孤独《こどく》で。

仲間も、助けもない中、世界に押しつぶされそうになりながらそれでも夢見た世界を、牢の中でライナも夢見てくれていたと知った。

だからライナには夢がある。

シオンにも夢がある。

二人には夢があるのだ。


人が死ぬのは嫌いで。

殺すのも嫌《いや》で。

泣かれるのだって、泣くのだって嫌で。

人生を選べないというのはどういう気持ちだろう？

そんなふうに思う。

家族が死ぬのは？

好きな人が死ぬのは？

誰《だれ》もそんなことを望まないはずなのに、なぜか世界は、そんな無意味な悲しみばかりを笑いながら欲《ほ》しがって。

なら、どうしたらいいと途方《とほう》に暮れる。

みんなみんな死んで。それでもその、死を意味のないものにしないためには、どうしたらいいのかと悩《なや》みあがいて。

そして、もう傷だらけで立っていられないほどなのに、それでも前を向く。

もう誰も、なにも失わない世界を手に入れるためには、どうしたらいいのかと考えて。

キファも泣かないし、タイルやトニー、ファルは死なないし――ライナが、自分を責めて牢に入ったりしなくていいような世界。

みんなが笑って、昼寝だけしてればいいような世界を夢見て、二人はあの日、前を向いて走ってきた。

なのに……

「…………」

ライナは、未来を見てしまったという。

その未来はすべて、破滅《はめつ》に繋《つな》がっていたという。

死ぬのだ。

みんな。

消えるのだ。

みんな。

なにを頑張ったとしても。なにを夢見たとしても、もうどうにもならない。

すべてが無に帰す。そういう運命だったのだという。

「…………」

いや、考えようによってはそれは、普通《ふつう》のことだと言ってもいいかもしれない。

なにを頑張ったとしても、結局いつか人は死ぬ。

どれだけ幸せな瞬間《しゅんかん》を共有して、誰かと笑いあったとしても。

どれほどの栄光や伝説や物語があったとしても、消えないものなどない。

いずれ結局、人は死ぬのだから。

なら、正解はいったいなんなのか？

最後は死ぬとわかっていて、なお、いま自分たちはなにを頑張ればいいのか。

なぜ目標を立てる？

なぜ夢を見る？

どうせすべてが終わるなら、本当はなにも頑張る必要なんてなくて、ただ、ただ、いつもよりもたくさん笑えばいいのだろうか。

「…………」

そんなふうにも、シオンは思う。

すべてをあきらめて、刹那《せつな》的に、快楽的に、欲望《よくぼう》に身を任せて笑っていればいいのか。

「…………」

それとも、なにもかもをあきらめきれなくて、老いや死の悲しさに、泣き暮らせばいいのか。

しかしどちらを選んだとしても。

十年後――この世界は急に終わるのだという。

どうしようもなくどの未来も破滅へ繋がっていて、あきらめようがあきらめまいが、笑おうが泣こうが、どうにもならないのだという。

なら、それを回避《かいひ》するためにはどうしたらいいのか？

そもそも、回避する方法はあるのか？

回避する必要はあるのか？

「…………」

ライナの見た未来の中で一番ましだったのは——破滅を回避する、なんていう傲慢《ごうまん》な考えは捨て、誰かに優《やさ》しくし、いま手の中にあるものに感謝し、日々を精一杯《せいいっぱい》生きた——という未来だったという。

つまり、早期にあきらめる、という選択《せんたく》だ。

そしてそれは、とても幸せな景色だったのだという。

ライナとフェリスには子供まで生まれて、それに大きな幸せを感じ、そして、その子供たちに未来がないことに、息苦しいほどの絶望を感じたのだという。

「…………」

その、ライナの話を聞いたとき。

シオンはすぐに自分の母親のことを思い出した。

命を懸《か》けて彼のことを守ってくれた、母親のことを。

母は死ぬ直前、自分にこう言った。

『もう、最後だから、あなたに伝えなきゃいけないことがあるの』

震《ふる》える、力のない、でも優しい声で、彼女はそう言った。

『私は幸せだった。あなたがいてくれたから……私の人生は……意味のあるものになった……』

意味のあるもの。

彼女はそう言った。

だがそんなはずないと、あのときの自分は思った。彼女の人生には、理不尽《りふじん》な絶望が常に付きまとっていたのだから。

だから自分はその、『幸せ』という彼女の言葉を、嘘《うそ》だと思った。優しい彼女が、一人残される息子《むすこ》についた、最後の嘘。

母の人生は、誰が見てもひどいものだった。

好きな人と無理矢理引き離《はな》され、奪《うば》われて捨てられたあげくに……汚《けが》らわしい下賤《げせん》な犬と呼ばれて生きた。

執拗《しつよう》な嫌がらせを受け続け、寿命《じゅみょう》を削《けず》りながら、シオンを守り続けただけの人生。

おまけに息子を守り切れずに死ぬのだ。自分が死んだあと、あの暗いローランドで、息子がどうなるか確かめることができずに死ぬ。

それはきっと、恐怖《きょうふ》だ。

圧倒的《あっとうてき》な絶望だ。

なんのために生きたのか。

彼女の人生は、なんのためにあったのか。

最後の最後まで、彼女は確かなものは得られなかったはずだ。

なのに彼女は、本当に、意味を感じているような顔で微笑《ほほえ》んで、シオンに言った。

『なにも怖《こわ》くないのよシオン。あなたは優しい子に育ってくれた。それだけであなたは立派なの』

そうだろうか。

本当にそうだろうか。

「いまもそれが、怖いよ、母さん。自分が進んでいる道が正しいのかどうか。怖くて仕方ない」

と、シオンは呟《つぶや》く。

だが、頭の中の母の言葉は続く。

『どんなに誰かがあなたのことを悪く言っても……そんなの関係ない。きっとあなたのことを愛してくれる人がたくさん現れるから……だから私がいなくなっても……あなたは一人ぼっちじゃないの。それだけはわかっていて……』

たしかに、その言葉は本当だった。

自分を愛してくれる仲間たちや、自分が守りたいと心から思える仲間たちを、彼はたくさん手に入れた。

でも。

「母さん。大切なものが増えるほど、どんどん、どんどん、失うのが怖くなるんだ」

そう、シオンは執務室《しつむ》の中で独り、小さく呟く。

人の命は簡単に消える。

自分が守ると約束した仲間の命が、簡単に、あっさり、消えてしまう。

フィオルを。

タイルを。

トニーを。

ファルを。

ルシルを。

多くの仲間たちを、自分は守り切れずに、失った。

そして他のすべても、十年後には失うのだという。全部だ。どれだけ大切に大切になにかを築き上げたとしても。誰かを愛したとしても。結局十年後には全部失われる。

みんながみんな、死に負ける。

それは恐怖だ。

ひどい恐怖。

その恐怖に、

「母さんはいったい、どう打ち勝ったのかな」

母はこれに、意味があると言った。

目の前に絶望しかないと思えても、シオンがいるから、意味のある人生になったと言った。

意味。

意味とはなんだ。

母は夢を見たのだろうか。息子が未来を斬《き》り開くと、信じることができたのだろうか。

「母さん。僕は、未来を斬り開くことが、できるだろうか……？」

もちろん、その問いかけに対する答えはない。

だがライナは今日、それに挑《いど》むと言っていた。

未来を変えるために。

未来に繋がるなにかをするために。

「…………」

彼は、ライナは、フェリス・エリスにプロポーズするのだそうだ。

そして子供を作るのだという。

未来のために。根本的ななにかを変え、未来が変わるようにするために。

それは信じられないほど勇気ある行動だと思う。

十年後に、絶対に失われてしまうとわかっていてなお、さらに大切なものを増やすというのは、異常な勇気がいる。

「頑張《がんば》ったってもう、世界は変わらないかもしれないのに」

と、彼は、自分らしくないとわかっていて、そう呟いてみる。

「もう、頑張る必要なんて、ないんじゃないか」

そう言ってみて、少しだけ自分の心が軽くなるのを感じる。

とにかく、根本的ななにかを変えなければ、未来は変わらないのだ。

その、根本的というのがなんなのかはわからないが、たとえばライナが昼寝《ひるね》をやめたり。

フェリスがだんごを食べなくなったり。

「……俺が仕事、全部さぼっちゃったりね」

と、目の前にあった山積みの書類を手で、机の上から落とそうとして、

「………………」

しかし、半分落としかけたところで、シオンは止《や》める。

「いや、これはあれだぞ。あとで拾うのがめんどくさいから止めただけで、俺は世界を救うためなら怠《なま》けものになる覚悟《かくご》はあるぞ。これほんとに」

と、誰《だれ》も見ていないのに一人言い訳してみる。

「…………」

少し前なら、その姿をルシルがずっと見ていてくれた。『馬鹿《ばか》な奴《やつ》だな』とか。『弱い王には価値がないよ』とか、言ってくれていた。

だが、そのルシルも死んだ。

さらにもう少し前なら、フィオルが書類を拾ってくれたかもしれない。そして、『陛下は少し思い詰《つ》めすぎですよ』なんて言ってくれたかもしれない。

だがそのフィオルも死んだ。

シオンはそのまま、勇気がなくて落とすことができなかった書類を机に戻《もど》す。

独り、机を綺麗《きれい》に整える。

自分らしい、綺麗に整った机の上を見て——少し安心してしまう安易な自分を見つけ。

「……根本的になにかを変えるって、大変すぎるだろ」

と、ため息をつくように呟く。

だがやはり、ルシルもフィオルも答えない。母も答えてくれない。この三人はみな、大切な人を、意味があると信じて、この世界に残して死んだ。

この絶望の中、それでも夢を見て死んだのだ。

フィオルの言葉を思い出す。

『陛下ならきっと、この世界を変えてくれる』

「………………」

シオンはそれに、悲しげに笑う。

とにかく今日、ライナが根本的ななにかを変えるべく、頑張るのだ。

生きる理由を強固にするために。

十年のタイムリミットを過ぎた先も、必ず生きなければならないという、重荷を背負うのだ。

生きる意味を、夢見る意味を、強化しにいく。

「……で、プロポーズか。プロポーズねぇ。それで世界が簡単に変わるんなら、いいけどさ」

と、小さく笑い、

「って、そんな簡単じゃないか。そもそもあいつらの恋愛《れんあい》って、そんなスムーズに進むのか？」

と、シオンは顔を上げる。

すると執務室の窓から、美しい陽光が射《さ》し込んできていて。それはまるで、ライナやフエリスの新しい未来を祝福しているようで。もう十年しかないくせに、その光は、本当にとてもとても美しげに装《よそお》っていて。

その、光を見つめ、

「……とりあえずはあいつらの未来が、うまくいきますように」

と、彼は祈《いの》るように呟いてからまた、仕事に戻った。

◆◆◆

「…………」

エリス家の道場の中央で、フェリス・エリスは正座し、背筋を伸《の》ばして、瞑想《めいそう》していた。

いつも、ルシルに剣《けん》の未熟さを叱《しか》られて、罰《ばつ》を与《あた》えられたときは、ここで正座をさせられていたからだ。

だがその兄はもういない。

自分を叱ってくれる兄はもういない。

自分を守って、死んでしまった。

兄はずっとずっと。

ずっとずっとずっとずっとずっと、自分を守ってくれていたのに。

自分はそれに、まるで応《こた》えなかった。

気づいていたのに。子供のころから兄は優《やさ》しくて、自分のことを守ってくれていたことに気づいていたのに。

「…………」

それを考えると、胸が苦しくなる。なにも言わないまま、すべては終わってしまった。

ライナからの伝言では、兄様はこう言っていたらしい。

『……君たちがいたから、頑張れたと伝えてくれ』

それはひどく一方的な言葉だった。

こちらはもう、お礼も、なにもできないのに。

そのことについて考えると、さらに胸が締《し》め付けられ、瞳《ひとみ》から、涙《なみだ》が溢《あふ》れ出そうとする。

「ん」

フェリスはそれを、必死にこらえる。

兄様はいつも、安易に感情を上下させるなと言っていたから。感情の起伏《きふく》は、剣の修行《しゅぎょう》の妨《さまた》げになると。

だから、彼女は、

「わかっている、兄様。ちゃんとする」

涙を、こらえる。

だがその声が震《ふる》えていた。そんな弱い心では、兄様にまた叱られてしまうかもしれない。

いや、叱って欲しいのだ。

また、そんなことじゃだめだよフェリス、と、名前を呼んで欲しいのだ、兄様に。

だが、やはり兄様はもう、叱ってくれなくて。

「……ぐ」

それに、涙が一粒《ひとつぶ》だけ、こぼれてしまった。

だが一粒だけだ。あとは我慢《がまん》した。必死に我慢した。死んだ兄様が褒《ほ》めてくれるような、エリス家の強い剣士《けんし》であるために、彼女は必死に我慢する。

そのまましばらく深呼吸する。

息を吸って吐《は》くたびに、白い胴衣《どうい》を着た彼女の胸がかすかに上下する。

その深呼吸の仕方も。心の落ち着け方も。剣の振《ふ》るい方も。すべて兄様に習ったものだった。

だが兄様はもういない。

ルシル・エリスは、もういない。

なら、

「……私ももっと、きちんと考えなければ」

兄様の死を見てきたライナが、こう言っていた。

『おまえの兄貴は、やっぱすげぇよ。優柔不断《ゆうじゅうふだん》な俺と違《ちが》って、最後まで冷静に、一人だけ一番未来のことを考えてた』

兄様は、未来について考えていたのだという。

だが自分は、未来のことなどなにも考えたことがなかった。

なにかを背負って生きていこうなどと、思ったことがなかった。

ずっとずっと、自分のことばかりを考えていた。

たとえばだんごのことだ。

美味《おい》しいだんごが食べられれば、それで幸せだ。

もしくはライナのこと。

あの馬鹿が、苦しそうにするのを見るのは嫌《いや》だった。自分をバケモノだと言って、泣きそうな顔をするのを見るのは嫌だった。

だから、泣くなと言った。そばにいてやるから、泣くなと。

だがそれは結局、

「自分の話だ」

フェリスは呟《つぶや》いた。

「未来の話じゃなく、自分の話」

しかしじゃあ、未来とはいったいなんなのか。

いまの状況《じょうきょう》はもちろん、もう知っている。

この世界の未来は、あと、十年しかないのだという。

急にそんなふうに言われてもぴんとはこないが、十年で世界が終わってしまうという事実について、いったい、自分はどう向き合うのか。

それすら、考えたことがなかった。

もし本当に終わるのなら、なるべくたくさん、美味《うま》いだんごを食べたいと思う。

あと、イリスとなるべく一緒《いっしょ》にいたいと思う。兄様がいなくなってしまったいま、彼女は唯一《ゆいいつ》の家族なのだから。

そして。

そしてあと、自分が絶対にやりたいことは……

「…………」

とそこで、背後で気配がした。

その気配の感じで、誰がきたのかが、すぐにわかった。

気だるい気配。

ゆったりとした足音。

いま、彼女が、頭の中に思い描《えが》いていた相手が、きたのだから。

それにフェリスは振り返る。

するとそこには——

第一章　プロポーズ

ライナ・リュートは、真《ま》っ直《す》ぐ、エリス家の道場のほうを見つめた。

道場の扉《とびら》は大きく開かれており、その中央に、フェリスが背筋をぴんっと伸ばし、正座しているのが庭園からも見える。

彼女の姿を見て、自分の心臓の鼓動《こどう》が少しだけ速くなるのを彼は感じた。

少し、緊張《きんちょう》しているのだ。

当然だ。

いま、彼は、重要な告白をしようとしている。

未来を変えるために。

新しい未来を作るために。

だが、どうやってそれを、彼女に伝えればいいかは考えきってはいなかった。

もしもちゃんと考え終えてしまったら、彼女の前に立つ勇気を失ってしまいそうで。

ぐちゃぐちゃ考えたらすぐに、嫌な言葉ばかりが頭の中に浮《う》かんでしまいそうで。

もしも拒絶《きょぜつ》されたらどうしよう。

もしも自分のことを受け入れてもらえなかったらどうしよう。

いや、どうせ無理だ。だって、自分はこんなに醜《みにく》いんだから。

人に愛してもらう資格なんてない、バケモノなんだから。

おまけにもう、何人も殺しているのだから。

なのにどの面《つら》さげて幸せになんかなるつもりなんだ。

おまえには未来がない。

未来なんてない。

生きる意味も価値もなんにもない。

「…………」

そんな言葉がぐるぐる回る。

父親にそうじゃないと言われても。

フェリスや、シオンや、ミルクや、キファや、仲間たちに、どれほど優しくされたとしても。

そして自分自身が、自分の心に、そうじゃないんだと強く宣言したとしても、卑屈《ひくつ》な心は、勝手に、自動的に、弱くてみじめで汚《きたな》らしい言葉を並べ立ててしまって。

「…………」

でもそれを、ライナはぐっとこらえて、頭から追い出す。

小さく深呼吸をして、心から追い出す。

もう、前に進むと決めたから。

たとえば自分は幸せになるべきじゃないとか、大切な人を作るべきじゃないとか、そういった考えと戦って、前に進むと決めたから。

だから彼は、深く息を吸うのだ。そして吐くのだ。

前に進むため。

強く前に進むため。

するとフェリスがそこで、振り返った。いつもの感情の起伏があまり見られない、ひどく優しい青く澄《す》んだ瞳。

その瞳がこちらを見る。

「ライナか」

と、彼女はまるで気配だけでわかっていたかのように、言う。

ライナはそれにうなずく。

「うん」

　すると彼の顔を見て、彼女はすぐになにかに気づく。

「どうした？　なぜそんな顔をしている？」

「どんな顔？」

「悲しい顔」

「ん？」

「もしくは、緊張した顔に見える」

「そうか。じゃあ、緊張してるんだ」

　と、ライナは胸を押さえてみせる。

　心臓がみっともないほどにバクバク脈打ってるのを感じる。辛《つら》い。苦しい。それを抑えるために深呼吸をする。吸って、吐いて。

「…………」

　その姿を、不思議そうに、フェリスは首をかしげて見つめている。金色の髪《かみ》が揺《ゆ》れる。道場に射《さ》し込む陽《ひ》の光を受けて、その髪がきらめく。

　彼女は相変わらずの美人だった。

　怯《おび》えて逃《に》げ出したくなるほどの美人。

彼女を欲《ほ》しいという男は大勢いるだろう。そんな光景をよく見ていた。半眼で。ぼんやりと、自分には関係ないという気持ちで見ていた。

彼女が歩くだけで、世界はその色を明るく変えていく。

つまり彼女は光だ。

自分は闇《やみ》の中で、うんざりするほど眩《まぶ》しいな、と思いながら、横にいる彼女を見ていた。

なのに、闇から手を伸《の》ばして、そんな彼女に受け入れてもらおうなどと、なんて自分は恐《おそ》ろしいことに挑戦《ちょうせん》しようとしているのだろうか。

そう思うとほらまた、あの言葉が頭の中で鳴る。

前に進むなと囁《ささや》く、あの言葉が。

——受け入れられなかったらどうする？

——受け入れられなかったらどうする？

——おまえはなにも手に入れられない。やめろ。やめておけ。欲しがればひどく傷つくぞ。

フェリスが言った。

「なぜ、緊張する？」

ライナは苦笑《くしょう》して、

「いや～、ちょっとおまえに、大事な話があってさ～」

——やめろやめろ。逃げていれば全部終わるから。静かに、傷つかずに、世界は終わるから。

「大事な話？」

「うん」

——逃げろ！　早く！　傷つく前にその場から——

が、その頭と心で渦巻《うずま》く口うるさい声を叩《たた》きつぶすように、ライナは胸を、肋骨《ろっこつ》が折れてしまいそうなほど強く、ドンッと叩く。

そして、

「フェリス」

と、言った。

前に進むのだ。

だから、

「……あの、俺はおまえが」

「ふむ」

「好きだ」

と、言った。

勇気を振《ふ》り絞《しぼ》って、そう言った。

フェリスは、こちらを見つめてきて、それに少し考えるような顔になる。

そして。

「……好き？」

「うん」

「それが、大事な話か？」

「ああ、えーと、たぶんそうなるな」

するとそれにまた、彼女は考えるような顔をする。難しげな顔。それに、もしかしたら嫌《いや》だったのかもしれないと、心のどこかでライナは思う。

まずいタイミングで、まずいことを言ったのかもしれない。

もしかしたら自分は勘違《かんちが》いしていて、彼女は、自分のことを欲《ほっ》してはいないのかもしれないという恐怖《きょうふ》が、膨《ふく》れあがる。

だから、

「いや、ごめん。嫌な気分になったのなら……」

と、言おうとして、しかしそれをフェリスが止めた。

「待て。そうじゃない」

彼女はこちらを見てから、聞いてくる。

「ライナ」

「ん？」

「その好きというのは、私がだんごを好き、という感情とは、別のものか」

「たぶん、違うと思うけど、どうかな」

「では、兄様が私に対して持ってくれていた感情と、同じか？」

「あ〜、えーと、それはどうだろ」

と、ライナは少し考えてしまう。

するとフェリスが続けた。

「昔、兄様がこう言った。私は愛されているんだと。だがそのとき、私はその言葉の意味がわからなかった。愛とはなんだ？」

なんて、難しい質問をしてきて、ライナは困る。

だが、フェリスは続けた。

「兄様は死んでしまった。私を守って。それは愛か？」

その問いには、答えられた。

だから彼は言った。

「そうだと思う」

「で、おまえも私を愛してるということか？　命を懸《か》けて守りたいと？」

その問いに答えるのも、簡単だ。

「そうだ」

フェリスはうなずいた。

「それなら、わかる。私も同じ気持ちだ。私もおまえが悲しい顔をするのを、見たくない。そうさっき思ったばかりだ」

「………」

「だから、苦しそうな顔をして、緊張《きんちょう》しないでくれ。私は拒絶《きょぜつ》しない。おまえの気持ちは全部、受け入れてやる」

「……って、そんなに俺、苦しそうな顔してた？」

フェリスはこちらを見つめて、言った。

「いっつもだ。眠《ねむ》そうな顔で装《よそお》って、やる気ないフリをして、でも、おまえは辛《つら》そうにしてる。兄様と同じだ。いま思えば、おまえは兄様にそっくりだ。そして兄様は、勝手に、私になにも言わないいまま去ってしまった」

「………」

「そしておまえも前に同じことをした。なにも言わないまま、私から去った。だがそれに、私は傷つくんだ。なにも言ってもらえないことに、傷つく。なのに泣く暇《ひま》も与《あた》えてくれない。だから、辛くて苦しいなら、そんな顔をしないで、ちゃんと話してほしいんだ」

と、フェリスが言った。

彼女の瞳《ひとみ》に涙《なみだ》が溜《た》まっていた。

泣かせているのは、自分だ。いままで逃げ続けて、ちゃんとしてこなかった、自分。

彼女がこんなふうに言うとは思っていなかった。

相手を好き——というのが、相手に想《おも》いを伝えるのではなく、自分自身と向き合うことだと、まだ、わかっていなかった。

ただ、浅はかにも、未来を見たからとりあえず『好き』と伝えようというだけでここまできてしまっていたと、ここにきてやっと気づく。

いっつもそうだ。

大事な局面を目《ま》の当たりにするまで、取り返しのつかないところまで追い詰《つ》められてさえ、自分はどこか逃げがちで。

でも、もう変わると決めたから、彼は言った。

「……ごめん」

「なぜ謝る」

「俺はちゃんとしてなかった」

「おまえはいつもちゃんとしてない」

「ほんとだな」

「ちゃんとしろ」

と言うのに、ライナは、

「はは」

と、少し、自嘲《じちょう》するように笑う。

それからやっと、彼女に本当の気持ちを伝えることにした。それだけの勇気が、自分の中に持てた。

だから、彼は言った。

「フェリス、聞いてくれ」

「ああ。聞いてやる」

「俺は……バケモノなんだ」

「………」

「すぐに人を傷つける」

「…………」

「もう何人も殺して、それが嫌なのに、止められなくて」

「…………」

「だから親もいないんだと思ってた。醜《みにく》いバケモノだから、捨てられたんだって」

「…………」

「その気持ちが、ずっと消せない。親父《おやじ》や母さんが俺を愛してたんだってわかってても、ずっと自分を蔑《さげす》む気持ちが消せない。だめだとわかってるのに、どうしようもないんだ。自分を認められない。全然認められない」

「…………」

「だから、すぐ逃《に》げる。おまえや、シオンが、俺を必要だって言ってくれても、そんなはずないって。傷つくのが、怖《こわ》くて」

「…………」

「俺には……俺なんかには、誰《だれ》も幸せにできないって、思って……」

声が、途切《とぎ》れる。

泣いていた。みっともなく。これが自分だった。結局、かっこよく前に向かって歩こうなんて言ってても、全然できていなかった。

だから逃げたかった。

逃げ出したかった。

逃げれば傷つかないから。

隠《かく》れていれば傷つかないから。

でも、独りじゃもう無理だというのも知ってしまっていた。逃げ続けていたら、寂《さび》しい。温《ぬく》もりが欲《ほ》しい。誰かに笑って欲しい。

こんな俺でも。

こんなバケモノでも。

こんなに醜い、なにもかもを台無しにしてしまうような男だとわかっていたとしても、独りは、耐《た》えられなかった。

だから、言った。

彼は勇気を出して、欲しいものを言った。

「なあフェリス。俺は、クズだ。きっとおまえを幸せにできない」

「…………」

「俺なんかじゃ、おまえにはふさわしくないんだ。おまえはいつも綺麗《きれい》で、優《やさ》しくて」

「…………」

「なのに俺はクソだ。おまえの兄貴だって、最初はそう言ってた。俺なんかがおまえに近づくべきじゃないって。醜いバケモノが、大切な妹に近づくなって。汚《けが》すだけだから。台無しにするだけだから。俺もそう思う。俺もそう思うけど」

「…………」

「でも、でももう我慢《がまん》ができない。それがわかっていたとしても……俺はおまえに触《ふ》れるべきじゃないとわかっていたとしても」

「…………」

「フェリス。俺はおまえが欲しい。俺のそばにいてくれないか。俺は独りじゃもう、無理なんだ」

そう、言った。

それが結局本心だった。

自分は傲慢《ごうまん》で、ワガママで、人を傷つけたくないと逃げ回ってたくせに、どうしようもないほどに寂《さび》しがり屋なのだ
そしてライナはその、傲慢な意見をぶつけた相手を見た。

すると彼女も泣いていた。泣きながら綺麗な顔で微笑《ほほえ》んでくれていて。

それから、彼女は口を開いた。

「馬鹿《ばか》が。私がおまえのそばにいるんじゃない。おまえが私のそばにいるんだ」

と、そう、言った。

彼女はそばにいてくれるのだ。

こんなクズの、甲斐性《かいしょう》なしの、逃げてばかりの、猫背《ねこぜ》の、昼寝《ひるね》してばかりのバケモノの、そばにいてくれる。

それに、ライナは泣きながら、

「ああ、そうだな。俺がおまえのそばにいる」

「そうしろ」

「ああ」

「ちゃんとしろ」

「ああ」

「もう、勝手に私のそばからいなくなったり――」

が、それを遮《さえぎ》って、彼は言った。

「もうしない。もう逃げないよ」

「…………」

フェリスはこちらを見つめる。

その、彼女の澄《す》んだ、青い瞳を見つめる。彼女はいつも美しい。本当に美しい。自分なんかが触れてはならないと思えるほどに。

それはでも、見た目の話ではない。心の話だ。なぜこんなにも彼女を眩しく感じるのだろう。

たとえばそれが、恋《こい》なのか？

と聞かれれば、それはわからなかった。恋の定義とはなんだろう？

では愛なのか？　と聞かれれば、それは答えられる。

愛だと思う。彼女に幸せになって欲しいと、そう思う。

それは『未来』を視《み》たときもそうだった。彼女に笑っていて欲しいと、心の底から自分は望んでいた。

十年後。

世界が滅亡《めつぼう》するとしても、そこで自分が死ぬことや、なにもかもが失われてしまうということに対する恐怖《きょうふ》は、あまりなかった。

ただ、ただ、彼女が泣くのが嫌《いや》だった。彼女と作った子供の未来が絶たれることが嫌だった。

その状況《じょうきょう》に苦しむ、彼女の顔を見るのが嫌だった。

それは愛なのか？

それが愛なのか？

どこかで読んだ。愛とはなにか？　ということについて書かれた本があった。あれはなんの本だったか、それは忘れてしまったが、愛とは、『自分を犠牲《ぎせい》にしてもなお、守りたいものがある状態』のことだと書かれていた。だがその文章は、かつての自分にはあまり響《ひび》かなかった。なにせ、彼は、自分を犠牲にすることになんの抵抗《ていこう》もなかったから。自分にそれほどの価値があるとは思えなかったから。いつ死んだっていいって。こんな醜いバケモノは、いついなくなったっていいって、ずっと思っていて。

でも、彼女に出会って。いや、シオンや、みんなに出会って、失って、また出会って、少しずつ、変わった。

愛とはなにか、少しずつだけど、理解するようになってきた。

愛とはなにか。

愛とはなにか。

それは、自分を認めることだと、いまは思う。

こんな自分でも、少しくらいは生きる意味があると思うこと。

もしも自分が死んだら、顔を歪《ゆが》めて、悲しむ奴《やつ》がいると理解すること。

自分を愛せないような奴は、そもそも誰も愛せないということ。

欲しいものを欲しいと言えないような奴は、誰も幸せにできないということ。

もちろんそれは簡単じゃない。ずっとそういうふうには生きてこなかったのだ。そう簡単には変われない。

こんな自分は、なにかを欲しがるべきじゃないと、ずっと思い込んで生きてきたから。

でも、それでも、彼は前に進んだ。触れたら壊《こわ》れてしまうかもしれない関係に、触れることにした。

ゆっくりと、彼女に近づいていく。

すぐそばまで。手を伸《の》ばせば触れることができるほどの近さで。

しかし彼女は逃げない。

こんなバケモノが近づいてきているのに、彼女は涙《なみだ》を流したまま、ただ、こちらを見上げる。

やはり彼女は綺麗だ。

すごく綺麗だ。

その、綺麗な顔を見つめ、そしてライナは手を伸ばした。彼女の腕《うで》をつかんだ。

彼女は逃げない。

彼女は逃げない。

その事実が、自分の心の中にある氷をまた、少し溶《と》かす。自分は醜いと叫《さけ》ぶ心を救う。

彼は言った。

「もう、俺はおまえから離《はな》れない。おまえを泣かさない。おまえがそう、望んでくれるなら」

するとと彼女は言う。

「ずっと前からそう言ってる。私から離れるな馬鹿が」

「ごめん」

「ライナ」

「うん」

「たぶん」

「うん」

「……私も、おまえが好きだ。おまえと、同じくらいに」

彼女の手が、彼の腕をつかむ。

二人で手を取り合って、そこに体温を感じる。

その体温で、自分が生きているとわかる。他人《ひと》の体に触れて初めて、自分が生きていていいのだとわかる。彼女の気配が、自分の中に入ってくるのを感じる。心臓が速く動く。焦燥感《しょうそうかん》のようななにか。自分には欲しいものがある。自分には欲しいものがある。

いままで知らなかった。自分には欲しいものがあると、知らなかった。

温もりが欲しい。

安心が欲しい。

生きている意味が欲しい。

「フェリス」

と、彼は言った。彼女の腕を引っ張った。そして彼女の体を抱《だ》きしめた。

彼女は抵抗しなかった。ただ、強く、それに応《こた》えてくれて、彼女のつややかな金色の髪《かみ》が、ライナの胸の中におさまる。

しばらくそのまま、無言で抱き合った。

「………」

どれくらいの時間がたったのか。それは数分か。それとも十分以上、そうしていたのか。

ふいに胸の中で、彼女が言った。

「……なあライナ」

「ん？」

「おかしい」

「なにが」

「胸が痛い」

「え？」

と、少し彼女を離して言う。

「どっか、硬《かた》いのがあたったかな」

今日は鎧《よろい》のたぐいは着ていなかったはずなのだが。

と、彼女の顔を見ると、彼女の顔は真っ赤で。

彼女は言った。

「違《ちが》う。胸の奥が痛いんだ。おまけに頭もくらくらして、吐《は》き気までする。なんだこれは」

戸惑《とまど》うような声。

つまり、そういうことらしかった。

だから、彼は言った。

「俺も、同じだ」

「おまえも？」

「うん」

「これは病気か？」

「たぶん違う。っつか、気分悪い？」

「いや」

「じゃあやっぱ違う」

「ならなんだ」

「うーん」

と、彼も困ったように、笑う。

「俺もしたことないからよくわかんないけど……恋、なのかな？」

「こい？」

「うん。たぶん」

「というのは、『恋』の恋か？　あの、本に出てくるあれのことか？」

「えーっと、たぶん……ってか、おまえがどの本のことを指してるかはわからないけど」

そもそも彼女は、なぜか妙《みょう》ちくりんな本しか読まないのだ。

すると彼女は、思い出すように言う。

「あれだ。毎夜、月を見るたびに全裸《ぜんら》になり、『俺は野獣《やじゅう》君だぞガオー』と叫んで女子供を無差別に襲《おそ》う変態男が、ついに村人たちに捕《と》らえられて牢屋《ろうや》に入れら……」

「全然違う」

「まあ話を全部聞け」

「えー。このシチュエーションで、俺こんな話全部聞くの？」

と言い終わるまえに彼女は言う。

「いいから聞け」

「いや聞いてもいいけどさぁ。いつものことだから。つか、おかげで心臓のバクバクおさまってきたし」

「私は全然おさまらないが」

「え」

彼女の顔はまだ赤い。彼女はぎゅっと、こちらの服を握《にぎ》ったまま、言う。

「とにかく聞け」

「あ、はい」

「その、牢屋に入れられた変態男が言うんだ。『なぜ俺は、月を見ると変態を我慢《がまん》できないんだろう』」

「なんの本だよ。逆に興味わいてきたぞ」

「おまえも読め。名著だぞ」

「うそつけ」

「で、男は思う。こんな変態な俺は、生きる価値がないんじゃないか」

「…………」

「だがある日、修道女に出会うんだ。その女は神とかいう存在を信じてて、男に言う。あなたにも生きる価値があると」

「…………」

「男は改心する。もっと早くあなたに会っていればよかったと」

「…………」

「だが時すでに遅《おそ》し。男は死刑《しけい》になる」

「ええー」

「しかし死ぬ前に、男はその、修道女に恋《こい》をする。もしも生まれ変わったらもう一度あなたに出会いたいと。こんな自分じゃなくて、もっとまともな男になって、と」

「ほう」

「つまり、この場合の『恋』が、今回の場合の『恋』か？」

と、なにやら、八周くらい違う話が挟《はさ》まったような気もしたが、しかし、確かにそれは、この場合の恋と同じように思えた。

だからライナは言った。

「うーん。なんか、最初は全然ちげーと思ったけど……なんか、たぶん、そうかも」

「やはりそうだったか」

「ってかこれ、おまえがよく言ってた、夜中に暴れ回る野獣君の話？」

「そうだ」

「野獣君の話ってラストそんな内容になってたのかよ。俺も読んでみようかな」

「読むか？　貸すぞ。とくに82巻あたりからの内容が」

「多いよ！　え、いまの内容に82巻も必要か？」

「50巻までは野獣君がひたすら町中に迷惑《めいわく》をかけ、女たちを泣かせるからな。ひどい女好きで。触《ふ》れるだけで妊娠《にんしん》させる。生まれた子供は育てない。酒を飲む。おむつ代を賭《か》け事に突《つ》っ込む」

なんか、そういう話を、いろいろな場面で、いろいろなときに聞いたことがあるような気がした。

世界中を一緒《いっしょ》に旅しているときに、彼女はそんなようなことをよく言っていて。

「……なんかその主人公と俺がだいたい同じだとか言ってきてたよな」

と言うと、彼女はあっさりうなずく。

「だいたいおまえと同じだしな」

「うーん」

「おまえと同じだから読んでいたと言ってもいい」

などと、彼女は言う。さらに続ける。

「この主人公はそんな自分が嫌《きら》いなんだ。ひどいやつなのにずっと孤独《こどく》で」

「………………」

ライナはそれに、彼女を見つめて、思う。いや、思うだけじゃなく、言う。

彼女に。

「俺はでも、孤独じゃない。おまえも、仲間もいる」

すると彼女は笑って言う。

「そうだ。私のおかげで死刑にならずにすんだな」

それに、ライナも笑う。あきれたような半眼で。でも、やる気がないわけじゃない、ちょっと嬉《うれ》しいような、楽しそうな半眼で彼女を見つめ、

「ああ、そうだな。おまえのおかげだ」

「だろう。敬え」

「はいはい」

「感謝しろ」

「はいよ」

「土下座して一生下僕《げぼく》にしてくださいって言……」

「やだよ」

「言え」

「やだって」

「じゃあ好きって言え」

などと、彼女は突然《とつぜん》言う。

彼女の顔は赤い。

そしてそれに、彼の胸もずきりと痛む。でもそれは不快な痛みじゃない。自分が生きているとわかる痛み。

だから彼はそれに少し照れながら、もう一度言った。

「好きだよ」

すると彼女はそれに、

「う……」

と言った。さらに顔が赤くなって、胸を押さえる。

ライナはそれに、いじわるな顔で言う。

「つか、俺ばっか言わせないでおまえも言えよ」

「う？」

「ほら言え」

「う……」

「もしくは敬え」

と言うと、彼女はそれにははっきり言った。

「それは嫌《いや》だ」

「え——。じゃあ感謝は？」

「それもだめだ」

「んじゃ土下座して一生下僕に……」

「殺すぞ」

「ははは。まあ、別にそんなことはしなくていいけど。じゃあやっぱ、好きって言うか？」

　すると彼女は胸を押さえたまま、さらにこちらを少し押して距離《きょり》を取って。

「いや、あの……」

「うん」

「恥《は》ずかしくて死にそうだから、また、次の機会にする」

　なんて、言う。

　彼はそれに、笑う。確かに恥ずかしい。

「おまえが先に言えって言ったのにな」

「本にそういうシーンがあったんだ」

「へー。何巻に？」

「覚えてないが」

「好きって言われると嬉しいの？」

　すると彼女は困ったようにこちらを見て、少し考えるようにしてからうなずく。

「……ああ。嬉しい。初めて食べる店のだんごが美味《おい》しかったと判明したときくらいに」

「おっと……そりゃおまえにとってはすげぇことだな」

「ああ。凄《すさ》まじいことだ」

「凄まじいんだ」

「ああ。だから何度も言え」

「何度もはちょっとなぁ」

「ふむ。何度もはないのか？」

「俺も恥ずかしいし」

「そうか。何度もはないのか」

と少し残念そうに彼女は言う。

それを、かわいらしいと思う。守りたいとか、愛《いと》おしいとか。そういう感情は、いままではあまりなかった。

これほどの美人で、優《やさ》しくて、気持ちがまっすぐで、おまけにずっと一緒にいた異性を前に、なにも感じなかったというのはやはり、逃《に》げてきたということだろう。

自分の感情から――

が、そこで、彼女は言った。

「しかしつまり、おまえが私のそばを一生離《はな》れないということは」

「うん」

「おまえの三食もすべてだんごでいいということだな？」

「……………」

さっきの思考は訂正《ていせい》。これほど美人で、優しくて、まっすぐでも、彼女はやはり変人で、それが理由で自分は異性として意識しなくてすんだのかもしれない——なんてくだらないことを考えて、そして、笑う。

すると彼女は勘違《かんちが》いして、

「おいなんで笑う。三食だんごがそんなに嬉しいのか？」

「いや違うけど」

「じゃあだんごを馬鹿《ばか》にしているのか。殺すぞ。いますぐにおまえの頭を剣《けん》で胴《どう》から切り離し……」

「ははは」

と、笑ってしまう。

彼女は美人でまっすぐな上に、変人だから、彼のことを好きになってくれるのかもしれない。

彼女はその、彼のほうを見上げる。

「なぜ笑うんだ」

それにライナは応《こた》えた。

「いや、おまえが変人だから、俺はおまえが好きなんだと思ってさ」

するとまた彼女は少し顔が赤らむ。好きという言葉が嬉しいのは本当なのだ。

彼女は言った。

「私は変人ではない。変態が何様のつもりだ」

「いや、ずーっと前からずーっと言ってるけど、俺が変態だったときなんてないと思うんだよね」

「と、犯人は捕《つか》まったらみな言うのだ」

「それも言われるの何百回目だろ……ところで俺、誰《だれ》に捕まったの？」

「私だ」

「あー」

とそこでもう一度、彼は彼女の手を引く。胸に抱《だ》く。かわいらしい頭にぽんっと触れて、言う。

「じゃあいいや」

「ん？」

「おまえに捕まったんならなにされてもいい」

「う………だが、だが極刑《きょっけい》だぞ」

「死刑？」

「もっと悪いやつだ」

「死刑より悪いやつあるの？」

「いま考える。おまえがうんと嫌がるやつを」

「そか。じゃあ……考えたらまた教えてくれよ。まだ時間はあるから」

といってもその時間は、十年しかない。

そして彼が視《み》た『未来』では、あっという間に過ぎた十年に絶望していたのだが。

それでも十年ある。

レムルスの張ってくれた結界が破れるまで、あと数か月。

それを打開するためにいま、彼は未来にはなかった方向へ進んでいた。彼女との関係を早回しで進めようというのだ。

そのためには、告白だけではすまない。

もっと進む必要があった。

未来で見た景色よりも、もっと、もっと、もっと急いで前に進む必要があった。

だから彼は、彼女を胸に抱いたまま、さらに続けた。

「なあフェリス」

「いま考え中だ。話しかけるな」

「まじで俺への拷問《ごうもん》について考えてるの？」

「うむ。いま私の想像では、スパフェリを四体用意して、おまえが寝《ね》るたびに剣で斬《き》り付けるようにする仕組みを――」

「なんでそんな拷問俺が受けなきゃいけないんだよ」

「変態は処罰《しょばつ》されるべきだからだ。村人たちも怒《おこ》っていたぞ」

「村人ってどの村だよ」

だが彼女はそれに、そんなこともわからないのかという顔をする。

彼女はそんなときいつもとても楽しそうで。

いや、表情は変わらない。いつもの無表情だ。

だが、わかるのだ。彼女はそんなくだらない話をするときはいつも楽しそうで。

そしてそんな彼女が、彼は好きだった。もちろん剣で殴《なぐ》られたり、めちゃくちゃに振《ふ》り回されてる瞬間《しゅんかん》は嫌だが、それでも、そんな彼女を愛おしく思う自分がいることを、わかっていた。

一生懸命《いっしょうけんめい》、いかにライナが悪く、いろいろな拷問を受けなければならないかという意味不明な話をする彼女。

それをライナは見下ろして、言った。

「ちょっと話遮《さえぎ》っていい？」

「だめだ」

「ちょっとだけ」

「いまいいところだ」

「いいところって、俺の首飛ばして、なのに俺死ねなくて首が鬼退治《おにたいじ》に行くって話、ついていけないいんだけど」

「これだから凡人《ぼんじん》は」

「すみませんねぇ」

「で、鬼の前に立つおまえは、所詮《しょせん》は生首だから」

「いやその話はあとで聞いてやるから、そのまえに俺の話を終わらさせてくれよ」

と、言う。

するとと彼女は嫌そうに顔を歪《ゆが》めて、言う。

「これ以上、なにを話す？　おまえが私のそばにいてくれるのはわかった。それで私は十分幸福を感じる」

「うん」

「これ以上は、無理だ。いまでも胸が痛いのだ」

「ああ、だからよくわかんない話延々してるの？」

「そうだ。気づけ早く」

「ごめん。でももうちょい進まないと」

「進めない。好きと言われるだけですでに心臓が破裂《はれつ》しそうだ」

「でも」

「だめだ」

「だけど」

「だめって言ってるだろう！」

と、彼女は拳《こぶし》をあげた。その動きは速い。異常に速い。彼女の動きは、普通《ふつう》の人間ではとらえることができないほどに速いのだ。

それは剣の一族エリス家の人間だから。

あの、ルシル・エリスの妹だから。

でも、前とは違った。ルシルと融合《ゆうごう》した彼には、その動きが見えた。筋肉の使い方がわかった。体内のエネルギーを、どう体の中で効率的に働かせれば最短最速で動くことができるかが、見えた。

だからたぶん、この拳に反応することはできただろう。

よけることも、その腕《うで》をつかむこともだ。

だから彼はゆったりとその拳を半眼で見つめ――

「がばっ」

殴られた。

ぶっ飛ぶ。

凄《すさ》まじい勢いで。

彼女は全然手加減なしだった。照れているのだ。照れているだけで手加減なしだなんて、これから一緒《いっしょ》に過ごす時間が思いやられるが、でも、それが彼女だった。

彼は、

「あーわー」

と、いつもどおりのみっともなさで転がる。止まる。仰向《あおむ》けに、ぐったり天井《てんじょう》を見上げる。エリス家の道場だ。ここでルシルとフェリスは、一緒に訓練をしていたのだろうか。

子供のころから、二人で。

ルシルは彼女を大切だと言った。気持ちはわかる。彼女はずっと純粋《じゅんすい》で、くだらない欲《よく》望《ぼう》や汚《けが》れがなくて、それにルシルは救われたろう。

自分も一緒だ。

自分も彼女に救われている。

だから、

「責任は果たすよ、ルシル」

と、小さく呟《つぶや》く。

ルシルは自分の中にいる。力を喰《く》ってしまったから、彼は自分の中にいるが、しかし、いま、ルシルの存在はこの道場の中に感じられた。

ずっとフェリスを守ってきた兄の存在を、この道場の中に感じた。

だから、

「……俺が守る。フェリスも。フェリスが生きる、この世界も。そのためには」

上半身を起こす。フェリスを見る。すると彼女はもういなくなってしまっていて。

「なんでいねーんだよ」

と、ライナは笑う。

すると道場の横開きの扉《とびら》から、彼女は戻《もど》ってくる。手にはだんごの串《くし》が二本。

「ああ、エネルギー切れ？」

彼女はうなずく。

「だんごは私のエネルギーだからな」

と言いながら、そのうちの一本をこちらに差し出してくれる。

「あ、俺にもくれんの？」

「いらないのか？」

「いる」

と、だんごの串を受け取る。食べる。その味を知っている。ウィニットだんご店のだんごだ。この国で最も美味《うま》いだんごを食わせる店。

そしてそのだんごを食べながら、また思い出す。

『未来』の光景を。

シオンが死んで。世界中のみんなが死んで。最後の最後で、フェリスと二人っきりになったときの光景。

そのときも彼女はだんごを持っていた。

本当に最後の最後。

もう死ぬというときに串を二本持っていて。

彼女はそのうちの一本をくれたのだ。

その味もウィニットのものだった。

「やっぱ美味いなこれ」

「だろう」

と、嬉《うれ》しそうなフェリス。

「でもだんご食べると、喉《のど》が」

「お茶の用意もしてこよう」

と、彼女はまた、部屋から消える。

彼女のいれるお茶は美味《おい》しい。お世辞抜《ぬ》きで。彼女はその道を極《きわ》めることに時間を惜《お》しまない。

世界がどうなるとかまるで関係なく、彼女は、ただ、だんごの道を極めようとしていて。

「……ほんとに、すごい奴《やつ》だ」

と、彼は呟く。

「俺にはもったいないくらいに」

道場にあぐらをかいて、もう一口だんごを食べる。やはり美味い。

庭園へと目を向ける。

庭園は、魚のいない小さな池と、砂利《じゃり》が敷《し》き詰《つ》められているだけの簡素なものだ。

それをしばらく眺《なが》める。

陽《ひ》の光が少し傾《かたむ》いている。

この陽が落ちればまた、一日が終わる。

すると滅亡《めつぼう》へとまた近づく。

いや、どんな状況《じようきよう》でだって、一日が終わると死へ一日分近づくのだ。

なら、この一秒は。一分は。一時間は、一日はとても大切なもののはずで。

だから昼寝《ひるね》してたり、だんご食べたりしてないで、努力しなきゃいけない——とか、そんな話じゃなくて、ただ、ただ、大切なものだと、いま、感じることができた。

十年後の滅亡を気にしなかったとしても、明日《あした》死ぬかもしれない。

今日死ぬかもしれない。

いや現に、ルシルは死んだばかりなのだ。

人は死ぬ。

人は死ぬ。

日が昇《のぼ》り、落ちると、一日が減る。

永遠などない。

なら、好きと思ったんなら、早く伝える必要があるのに。

「……俺は、遠回りしたなぁ」

と、また、呟く。

そもそもいまだに、自分のことは好きになりきれていない。

どうせ死ぬのなら。すべてが終わるのなら、自分のことだって、早く好きになったほうがいいのに。

「俺は俺を、好きになれるかな……」

と、彼は、だんごを持っていないほうの手で自分の目にそっと触《ふ》れる。眼球に触れる。

そこには呪《のろ》いが詰まっている。だからといってもう、それは、自分を嫌《きら》いでいる理由にはできないのだが。

それを理由に自分を嫌っちゃだめだと、リューラに——父さんに、言われたのだから。

この呪いは遺伝しないのだという。

ならなにが怖《こわ》いのか。

どうしてこんなにも、自分を許せないのか。

逃《に》げてるだけだ。別に醜《みにく》くて、汚《きたな》くても、自分を好きになることはできるはずだ。

そもそも、これから彼女に、プロポーズをするのだ。

好きと言ってすぐにプロポーズするだなんて早すぎるようにも思うけど、世界にはもう、そんなに時間が残っていないから、今日する。

そして未来を変える。

いや、未来なんてどうでもいい。彼女を好きだから。そして彼女との未来が欲《ほ》しいから、今日、彼は、プロポーズをする。

結婚《けっこん》してくれと、頼《たの》むのだ。

だが、そんなことを頼むのに、自分を嫌いでいていいのだろうか。

自分のことが嫌いなのに、彼女に、自分を好きと言ってもらって、いいのだろうか。

もちろんだめだ。

そんな傲慢《ごうまん》なことはない。

彼女に好きと言ってもらって、ぎりぎり自分を保つだなんて、それは彼女を利用していることになる。

彼女を利用するために彼女が欲しいわけじゃない。彼女を幸せにするために。未来を斬《き》り開くために、彼女が欲しいのだ。

そしてそのためには、

「……俺は、俺を……」

好きになる必要があった。

だから、自分を好きだと言おうとした。

瞬間《しゅんかん》、とんでもない勢いで、全身が抵抗《ていこう》を始める。

心が。頭が。

それに自分は値《あたい》しないと叫《さけ》び始める。

ずっとそうだ。

ずっとずっとそうだ。

自分にはなにもないと。褒《ほ》められるべきところはなにもないと、そう思って生きてきた。

そしてそのせいで、たくさんの人を傷つけた。

自分の欲《よく》で何十万人も殺して。

まだ、醜くのうのうと生きさらばえていて、その上自分が嫌いだなんて、ひどい話なのに。

それでも、自分はまだ、逃げるのだろうか。

「…………」

風が吹《ふ》く。庭園に。いくつかの砂利が巻き上げられ、くるくると回る。

彼は大きく息を吸い、吐《は》く。

自分を好きになって、そして、フェリスを受け入れる。

結婚して、子供を作って、未来を作る。

その価値が自分にはある。

その価値が自分にはある。

自分には愛されるだけの価値があると、自分に言い聞かせる。

「そう思って、いいかなルシル」

と、この道場の主に聞く。

「俺がおまえの妹をもらっていいか」

と、彼女の兄に聞く。

「俺の汚《けが》れた手で、おまえの妹に触《さわ》ってもいいか」

と、彼女を大切に育てた保護者に聞く。

返事はない。

返事はない。

もう、ルシルは死んでしまったから。死ぬ前に聞くべきだった。俺なんかが彼女に触れていいかと。子供を作っていいかと。前はだめだと言っていた。妹に触れるなと言っていた。そんな汚らしい、醜い、バケモノの手で触れることは許さないと言っていた。

だが最後には、こう言った。

ライナが、世界よりもフェリスのほうが大切だと言ったとき——

『だから君に託《たく》して消えることができる。世界は救わなくていい。フェリスを守れ』

と、ルシルはそう言った。

少なくとも、守ることへの許可は出ていた。

だが結婚していいのかどうかはわからない。ライナはそれに、自分の胸に手を当て、

「俺の中にいるなら、教えてくれよルシル」

しかしやはり、答えはなかった。

いや、その答えを他人《ひと》からもらおうとするのがもう、甘えなのかもしれない。

自分で決めなければならないのだ。

俺は俺を許せるのか。

俺は俺を、好きになれるのか。

とそこで、

「お茶を持ってきたぞ」

フェリスが戻《もど》ってくる。

胸いっぱいにお茶のセットを抱《かか》えて。

「手伝おうか？」

「いやいい」

彼女はそう言って、ライナの横にお茶のセットを用意する。お湯が入った瓶《びん》に、カップが二つ。皿にはさらに数串《すうくし》のだんごがおかれていて。

彼女はそこで、丁寧《ていねい》にお茶をいれてくれる。

「出来た。飲め」

「うん」

と、彼はうなずく。お茶を一口飲む。やはり美味しい。

「うまい」

「だろう」

「うん」

フェリスは嬉しそうだ。彼女もだんごを食べる。

二人でそのましばらく、お茶を飲んで。だんごを食べて。庭園を見て。今日は風が強いことに気づいて。

でもそんなには話さない。別に話さなくても気になったりはしない。

もう長いこと、彼女とは二人で一緒《いっしょ》に過ごしてきたから。

いろんな国へ行って。

いろんなくだらないことで笑って。

いろんな奴《やつ》らと戦って。

泣いて。

叫んで。

みっともなく逃げて、わめいて。

でもそれでも、彼女はそばにいてくれた。

本当に醜く、みっともなく、最低な姿も見せたのに、彼女はそばにいてくれた。

そして彼女がそばにいてくれているときの自分のことは、たぶん、好きだったようにも思える。

彼女がいてくれれば、自分は、もしかしたら、醜いバケモノじゃないのかもしれないと
——そう、思えて。

「ライナ」

と、彼女に名を呼ばれた。

「ん？」

と、彼女のほうを見る。

すると彼女はいつもの無表情のまま、しかし、その奥に少し心配そうな色を浮《う》かべて、言う。

「ずっと、お茶の表面を見つめたままだ」

「ごめん。あんまり美味《おい》しいから」

「嘘《うそ》だ。別のことを考えていたろ」

「……まあ。よくわかったな」

「おまえのことは全部わかる」

「ははは」

「悩《なや》みごとか？」

「いや」

「嘘は嫌いだ」

「いや、悩んでない。ただ、弱いだけだ」

「誰《だれ》が」

「俺が」

「強くなきゃいけないのか？」

「うーん」

「おまえは弱い。そんなことはわかりきってることだ。なのに、なぜ弱いことを悩む？」

「…………」

「おまえは弱い」

「……ああ」

「その弱いおまえを、私は好きだ」

「……そうか」

「そうだ。強いライナなんか、ライナじゃないだろう？」

「はは、たしかにそうだな」

と、彼は、力なく笑う。

彼女は優《やさ》しい。本当に優しい。きっといまの自分の態度にも、彼女は心配するだろう。

いつもの無表情は変わらないが、しかし、彼女は本当に繊細《せんさい》なのだ。

だからその、彼女が心配したりしなくてすむように、彼は息を吸う。決意の顔をする。

そして彼女のほうを見て、言う。

「でも、今日は強くなりたいんだ。今日だけは」

「なぜだ」

その問いに、彼は、少しだけ考えるようにしてから、応《こた》えた。

「ルシルからの許しが欲しいから」

「兄様の？　なにについて？」

「おまえに触《ふ》れることについて」

「…………」

ライナはそこでまた、自分の胸を押さえる。もう覚悟《かくご》を決めなければならない。

ルシルに安心してもらうには、こんな醜《みにく》い俺を受け入れてもらってる——なんて気持ちのままではだめなのだ。

だから決意する。

自分には意味があると。

だから決意する。

自分には価値があると。

でもそれは怖《こわ》い。もし価値がなければ？　もし意味がなければ？　自分が触れたせいで、一番大切なものを傷つけてしまったら？

そんな考えが全身を巡《めぐ》って。

しかしもう、その考えで逃《に》げるわけにはいかなかった。十分逃げてきた。そろそろ戦うときだ。

自分には価値がある。

そしてフェリスを幸せにすることができると、そう、思い込むのだ。

なにが起きたとしても。

どんな世界になったとしても。

フェリスを、守る。

そうルシルと約束したから。

いや、約束も関係ない。

自分で決めないと。

俺は生きてていいのか。

俺は……俺なんかが、幸せになっていいのか……？

「ライナ、大丈夫《だいじょうぶ》か」

と、彼女が言う。

心配そうに。そりゃ、心配されるだろう。こんなに戸惑《とまど》って、生きる意味を見いだせないような奴を好きになってしまったら、ずっと心配するだけの人生になってしまう。

だが、彼女の人生を、そんなものにするわけにはいかなかった。

彼を選んだことが間違《まちが》っていなかったと、そう思ってもらいたかった。

そのためには、彼自身が自分のことを愛すと決めなければならなかった。

だから彼は、決めた。

覚悟を、

彼女を幸せにする覚悟を。

自分が、幸せになる、覚悟を決めて──

「…………」

言った。

「フェリス。聞いてくれ」

「ずっと聞いている」

「俺は、おまえと結婚《けっこん》したいと思ってる」

「……結婚？」

「ああ。それもいますぐに。で、これから一生、ずっと一緒にいるんだ」

「…………」

「一緒に朝起きて。だんご食って」

「…………」

「お茶も一緒に飲んで。晴れた日は外に出て。雨の日は──そうだな。昼寝《ひるね》でもして」

「………」

「毎日笑うんだ。泣く日も一緒にいるんだ。喧嘩《けんか》したり、仲直りしたりしながら、ずっと一緒にいて、で、家とか買って。子供を作って、一緒に育てる。これからずっと。これから死ぬまで、おまえとそうしたいと思ってる」

「………」

「なあフェリス。それをおまえは、受け入れてくれるか？」

「………」

「俺とこの先の未来をずっと、一生、最後の日まで過ごしてくれるか？」

と、聞いた。

この先の未来があと、数か月なのか、十年なのか、それともまだまだ何十年もあるのか、それはわからないが。

しかし、この先の一生の話を、彼はした。

そしてそれはいきなりの提案すぎて、受け入れてもらえないかもしれなかった。

聞いてみれば断りたくなるような内容かもしれなかった。

それにまた、恐怖《きょうふ》がある。

緊張《きんちょう》がある。

断られたらどうしようと、そんな気持ちが胸の中に膨《ふく》れあがりそうになり、しかし、彼女を見つめるとその不安はすぐになくなっていく。

なぜなら彼女は、ただ、まっすぐ、こちらを見つめてくれていたから。

そして彼女は言った。

「いまさらなにを言ってる？　さっき、おまえはずっと私のそばにいると言っていただろう？」

「……うん」

「なら、当然そういう話だと思っていた。結婚というものがどんなものかは知らないが――あ、でもあれはだめだぞ」

「どれ？」

「前みたいに、子供のおむつ代を全部酒に突《つ》っ込むような真似《まね》は」

「したことねーだろ」

「でも他の女はみんなおまえは最低男だと」

「またその戯言《たわごと》かよ。つか他の女って誰よ」

「みんなだ」

「だから誰だって」

するとフェリスはそれにまた、少しだけ楽しげに笑う。食べかけのだんごを皿の上におく。そしてそっとこちらに近づいてきて、彼の腕《うで》に触れる。顔をほんの少しだけ赤らめ、

「……冗談《じょうだん》だ。だからくだらないことで緊張するのはやめろ。私はなんでも受け入れてやる」

と、言った。

その言葉が本当だと、伝わってくる。

彼女の言葉はいつも本当なのだ。

それに救われてきた。今日、ここで、プロポーズなんてことができるのも、きっと彼女がいてくれたからで。

ライナはそれに笑い、

「じゃあ、結婚ってことでいいかな」

するとあっさりフェリスはうなずいて。

「ああ。それでいい」

と、そういうことになった。

それから数分。

また二人はだんごを食べた。

お茶を飲んだ。

なにやら気恥《きは》ずかしいような気持ちになり、しばらくなにも話すことができなかった。

フェリスがそのままだんごを三串《くし》食べたところで、聞いてきた。

「ところでライナ」

「ん？」

「その、結婚とやらは、もう私たちはしたのか？」

「へ？」

「おまえが結婚を申し込む。私が応える。それで結婚したことになるのか？」

と聞かれ、ライナは首をかしげる。

「いやー、違《ちが》う気がする」

「じゃあどうやって結婚する？」

そんなこと、考えたこともなかった。もちろん、結婚の制度については、各国でいろいろ仕組みがあるだろうが。

ライナは少し考えてから、言う。

「つーか、結婚ってたぶん、どっかに届け出するんじゃないかな。俺が結婚なんてすると思ってなかったからわかんねぇけど」

「どこに届ける？」

「ん～、たぶん、シオンに聞けばわかると思う。国の決まりの話だから」

「じゃあシオンに言うのか？」

「シオンに言えば、いいんじゃないかなぁ」

「それで結婚できる？」

「たぶん」

「その場合、他の国でも結婚したことになるのか？」

「いや、他の国は関係ないと思うけど」

「他の国では関係ないのに、シオンには言わなきゃいけないのか？」

「シオンってか、国に届け出するってことだけど」

「なんのために？」

「なーんか、たぶん、税金とかのためだと思うんだけど、違うかな……」

「おまえは税金を払《はら》ったことがあるのか？」

という質問に、彼は少し、言いよどむ。これから結婚しようという男としては、非常に言いにくい答えが頭の中に浮《う》かんだから。

「あー、えーと、俺」

「うん」

「税金払ったことないな」

するとまたフェリスは嬉《うれ》しそうに笑い、

「この甲斐性《かいしょう》なしが」

「言うと思ったよ〜」

「ロクデナシの色情狂《しきじょうきょう》が」

「んじゃ結婚なしにする？」

「いや、結婚はする」

「でも俺とじゃいい暮らしはできないかもよ？」

「馬車馬のように働け」

「えー」

「それにうちは金持ちだしな」

と、彼女は言う。

確かに彼女は金持ちだった。この巨大《きょだい》な屋敷《やしき》も、この周辺の土地も、すべて彼女のもののはずだ。

エリス家は、このローランド帝国《ていこく》のあらゆる家の中で最も古く、別格の権力を持っているはずだった。

つまり、彼女と結婚すると、完全なる逆玉の輿《こし》になる。

それにライナは笑って、

「あー、実は俺、おまえの資産を狙《ねら》って結婚を――」

が、そう言いかけたところで、思いっきり殴《なぐ》られた。

「ぐわっ」

もうそれは、体が吹《ふ》っ飛ばなかったのが不思議なくらいの強さで。

「え、なんで俺殴られたの？」

「つまらない冗談を言うからだ」

「えええええ、おまえは言ってよくて、俺はだめな……ぐわぁ」

また殴られる。どうやら、この冗談はだめらしい。

そして彼女は言った。

「ちゃんと言え」

「ええ――――ぐばぁああああああ！」

また、殴られる。今度こそ遠くまで吹っ飛ぶような勢いだったが、彼女が腕を掴《つか》んでいるので吹っ飛べない。

彼女は言った。

「なんだって?」

「え、えと……あの、もちろん資産狙いじゃ、ないです……」

「じゃあ何狙いだ」

「……あの、おまえのことが、好きだから結婚したいと……」

するとそこで、彼女はかわいらしく顔を赤らめて、少しだけうつむくが、

「いやいやいやいやいやちょっと待って、さすがにいまの展開じゃおまえのことかわいいとは思えな……ぐばぁああああああ!」

また殴られた。

やはり腕は掴まれているので彼女から離《はな》れることができない。そのまま衝撃《しょうげき》が顔面に、首に、脳に入ってきて。

「……死ぬって」

なにか、もう、例によって例のごとくな、バイオレンスな結婚《けっこん》生活になりそうで……

「うええ」

と、彼はぐったりとする。

彼女はその、彼を殴った拳《こぶし》を見つめてから、言う。

「で、ライナ」

「あう？」

「私はもう妊娠《にんしん》しただろうか？」

「へ？」

と、彼女は殴った拳をこちらに見せてくる。

その意味がわからなくて、

「どゆこと？」

と聞くと、彼女は答えた。

「本では、変態色情狂の野獣《やじゅう》君に触《ふ》れると妊娠してしまうと書いてあった」

「……あー。つか、おまえあれ本気で信じてたのね」

まあ、信じているとは思っていたが。

彼女は真顔なまま続ける。

「だがいままで、何度殴っても別に私は妊娠しなかった。しかしそれは、私に妊娠するつもりがないからだと思っていた」

「これまた新理論が登場したな」

「だがいまは違う。別に妊娠してもかまわないと思っておまえを殴った。つまり私は妊娠したかもしれない」

と、拳をまた見せてくる。

彼女は、妊娠してもかまわないと思って彼を殴ったのだ。

なんか、すごくふざけた展開のはずなのだが、それにはやはり、大きな覚悟《かくご》が含《ふく》まれていると思う。

だが含まれていてもなんか、なんか、

「……なんだろなー」

と、彼はうめくように言った。

しかし彼女はやはり真顔のまま拳をこちらに見せ、

「どう思うライナ。私は妊娠したと思うか？」

「いや、してないと思うよ」

「妊娠するには殴る量が足りないか？」

「いやいやいや、殴る必要ないでしょ。おまえの知識じゃ、殴るんじゃなくて触《さわ》っただけで妊娠するんだろ？」

「うむ。そう書いてあった」

「じゃなんで殴るんだよ」

「普通《ふつう》に触るのは恥《は》ずかしいだろ」

「あー。まあ確かに、その気持ちはわかる……」

いきなり恋人《こいびと》になって。いきなり夫婦《ふうふ》になって。で、仲良く手を繋《つな》ぐ、なんてことはやはり、難しいことなのは彼にも痛いほどにわかる。

なにせつい昨日までは、お互《たが》いをそんなふうには意識していなかったのだ。

だから二人で旅をすることができた。同じ部屋で寝《ね》ようが、どれだけ親密に近づこうが、お互い、そんなことはまったく意識していなくて。

「………」

彼は、彼女を見る。

彼女は真剣《しんけん》な表情でまだ、拳を見つめていて。

「やはりもう一発」

などと言ってくる。

再び拳を作ろうとして、

「いや待てって。殴っても妊娠しないって言ってんだろ」

「やはり触らなければダメか？」

「触っても妊娠しないよ」

「だが本では」

「その本に書いてあるのはあれだから。比喩《ひゆ》的なあれだから」

「比喩？　じゃあどうやったら妊娠する？」

「あー。まー。んー」

と、なにやら大変な展開になってしまって、どう説明するか悩《なや》む。

まだなにもわかっていない子供に、赤ちゃんはどこからくるの？　ときらきらした目で聞かれたときくらいの悩みが子供を作ってもいないのに到来《とうらい》してしまって。

「あー、ちょ、聞いてくれフェリス」

「なんだ。おまえは妊娠の仕方を知ってるのか？」

「あ――――。そのね。いや詳《くわ》しくはまだ知らないんだけど」

「おまえも知らないんならおまえになにを教わる？　そうだ。シオンに聞きにいくか。あいつは知ってるのか？」

と立ち上がる彼女に、彼は慌《あわ》てて言う。

「いやいやいやいや、ちょっと待て。これはシオンに聞くような話じゃないから」

すると彼女は不思議そうにこちらを見るが、とにかく、これは、そこまでは焦《あせ》るような話ではなかった。

もちろん急ぎたいと思っている。

なにせあの『未来』なのだ。

あれを回避《かいひ》するために、彼は勇気を出してこの一歩を踏《ふ》み出したのだ。

しかしだからといって、この話はそこまで急ぐ必要はないとも、彼は思っていた。

だから、言った。

「あの、順番があるんだよ。まずあー、あれだろ？　告白するだろ？」

「なんの告白だ？　また罪を犯《おか》したのか？」

「いやその告白じゃなくて。あのー、愛の告白的なやつ」

「ああ。さっきのか？」

「それそれ」

「もう一回言え」

「おまえ言われるの好きなのかよ」

「ああ。言え」

「えー。つか待って。説明をさきに……っておまえ言わないなら殴るみたいなポーズやめろって」

「ポーズじゃない」

「えええー」

「ポーズじゃない」

「ぎゃぁあああああ。ってわかった。わかったから。好き。おまえのことが。ほんとに。これでいい？」

「うむ！」

と彼女は満足気にうなずく。それからもう一度座り、皿の上に載《の》っていただんごを手に取る。食べる。

「うむ！」

と、もう一度、満足気に言う。

どうやら彼女は、好きと言われるのと、だんごを食べるのは、同じくらい好きらしくて。

「いやー、おまえがだんご食べるのと同じ頻度《ひんど》で好きとか言わされるのは無理だけどなぁ……」

と彼は小さく呟《つぶや》くが、それが彼女の耳に入ると殴《なぐ》られそうなので彼はそれは本当に本当に本当に小声で呟いた。

すると彼女はだんごを食べながらこちらを見て言った。

「で？」

「あー。なんだっけ」

「妊娠の説明をするのだろう？」

「なんで俺は妊娠の説明なんかしてるんだろ」

「変態の専門家だからだろう？」

「いや違《ちが》うけど」

「この変態どすけべ色情狂《しきじようきよう》が」

「まあそれでもいいけどさぁ。でもおまえはそんな奴《やつ》と結婚するんでいいのかよ？」

「…………」

と言うとまた彼女は顔を赤らめて、うつむいてしまう。

その、彼女の照れのポイントがいまいちわからない。好きと言えと強要するときはあんなにも堂々としているのに、いまはなんか、ちょっとかわいらしく見える。

もちろんかわいいと思った次の瞬間《しゆんかん》にはいつも彼女は剣《けん》を振《ふ》り上げてたり拳を振り上げてたりだんごを振り上げてたりするのだが——

ライナはそれにうんざりするような、それでいて、結局、結婚したところでいつもと変わらなそうな未来に少しだけほっとしながら、言った。

「つかどこまでおまえは妊娠について知ってんの？　いまの流れだと妊娠＝スケベみたいな話になってんじゃん？」

「うむ。本にはそうあったからな。町中の女を妊娠させる野獣の話だった」

「でも知ってるのはそれだけで、なにしたらどうなるとかは知らないってこと？」

「本当の変態のレベルだと、近づくだけでまずいらしい。パン屋の娘《むすめ》がそれで妊娠して泣いたエピソードがあった。娘の親父《おやじ》が怒《おこ》ってな……」

と、思い出すように言う彼女。

あきれ顔で聞くライナ。

「……つかその本売れてんの？」

「どの本屋にもあるぞ」

「嘘《うそ》だろ。世も末だな」

実際にこの世はもう末で、残り十年しかないのだが。

彼はそれに、どこから説明しようかと悩む。というかそもそも、これをいま、口で説明するタイミングなのかどうかも悩む。

「あの、フェリス」

「うむ」

「先にこれ言わせて」

「なんだ」

「あの、説明の途中《とちゅう》で口を挟《はさ》まないで最後まで聞いてくれないかな。脱線《だっせん》しちゃうから」

「おまえが勝手に脱線してるんだ」

「嘘でしょ」

「で、なんだ。聞いてやろう」

と、だんごを食べる。

彼はうなずいて、説明する。

「えと、妊娠《にんしん》の話は早すぎると思うんだ。こういうのって、順番ってのがあると思っててさ」

「うむ」

と、彼女はうなずいてくる。どうやら聞いてくれるようだ。いま、口にだんごが入っているからということもあるかもしれない。彼女がだんごを飲み込む前に話し終えたほうがよさそうだった。

だから彼は少しだけ早口に続けた。

「で、次に結婚《けっこん》申し込むだろ？」

「ふむ」

「で、結婚してくれるーってなったら、今度は結婚するじゃん？　みんなにも結婚するって言ったりしなきゃいけないし、なんか、結婚だけでもそれなりにいろいろあると思うわけよ」

「そうなのか」

「たぶんね。したことないからわかんないけど」

でも、リューラは——父さんは、そういうことはきちんとする男に見えた。話していてわかった。母さんのことを愛していて、幸せにするためにしなければならないことは、父さんはなんでもできる人に見えた。

そして自分もそうありたいと、彼は思う。

だから、

「いろいろ、きちんとしなきゃなと思う。で、その先だよ妊娠の話は。これはなんかー、あー、性教育的なそのー、専門の本とか一冊決めて、二人で読めばいいと思うし」

「性教育……ふむ。そういうものがあるんだな」

「うん。たぶんある」

「じゃあ、妊娠の話はまだしなくていいのか？」

「しなくていい。いますぐには。つかおまえこそなんでそんな急ぐんだよ」

それがわからなかった。

告白からのプロポーズだけでも、勇気振《ふ》り絞《しぼ》っておなかいっぱいなのに、もう妊娠しようという展開になるのにはちょっと、違和感《いわかん》があった。

すると彼女は言った。

「だが、結婚したら妊娠するんだろう？」

「別にそうとは限らないけど……またどっかでそんな本読んだのか？」

と聞くと、彼女は首を振った。

「ならなんで急ぐ」

聞くと、彼女は急に庭園のほうへと目をそらし。

「別に」

と、言った。

あきらかに話をそらすようなわかりやすい態度で。

「え、なんだよ急に」

「別に理由はない」

「いやいや、なにかあるのわかりやすすぎだから。なんなの？」

「言いたくない」

「おーい。俺らこれから結婚しようってのに、いきなり隠《かく》し事すんの？」

と言うと、彼女はこちらを見る。

だんごを見る。

またこちらを見てから、だんごを見る。

その様子に、

「……あ、いや、別にほんとに言いたくないならいいんだけど」

と、彼が言うと、彼女はもう一度こちらを見て、言った。

「……ライナ。おまえは自分の目が呪《のろ》われていると思い込んでる。バケモノだと。子供にそれが遺伝するとか、しないとか、私を幸せにできないとかできるとか」

「…………」

「でもおまえは決意してくれた。私との未来に。だから私もすぐに応《こた》えたかっただけだ。おまえがもう、これ以上怯《おび》えないように」

なんてことを、彼女は言う。

結局また、気を遣《つか》わせたのだ。彼女は彼が傷つかないようにと、焦《あせ》ってくれていた。

彼女は、続ける。

「私だって、本当は怖《こわ》い。妊娠のことなど、考えたこともない。自分の体内に子を宿す？　私が子供を持つ？　それが……いまの私には簡単には想像できない。私は……」

とそこで、彼女は言葉を止めた。一つ息を吐《つ》いて、なにかを考えるような顔になった。

ライナはなにも言わない。彼女の気持ちはわかるから。急に結婚して、子供を持とうなどと言われても、普《ふ》通《つう》ならそうなるに決まっている。だからただ、彼女の言葉を待つ。

すると彼女は再び口を開いて、続けた。

「……私は……親をなくしている。たぶん、父様と母様は、おまえの親とは違うタイプの親だった。おそらくは…………おそらくは、私の両親は、いい親ではなかった。だから兄様は私を守って、親を殺した」

「…………」

「そのときのことを、たまに思い出す。母様が言ったんだ――あなたのような醜《みにく》い出来損《できそこ》ないを生んで、恥《は》ずかしいわ。なぜこんなにもできの悪い子が、わたくしから生まれたのでしょう」

そのときの、彼女の声色《こわいろ》が、少し違った。

彼女は、まるでかつて言われた言葉を、そのままコピーするかのように話した。

何年前の話なのかはわからない。

だが、彼女は、まるでそれをいま見ているかのように話した。

「なぜわたくしたちの間から、あなたのような子が？」

「…………」

「なぜあのルシルの次に生まれた子が、このような出来損ないだったのでしょう？　──

母様はそう言った。その言葉に、私も思った。なぜだろう。なぜ私は出来が悪いのだろう」

「…………」

「それでも兄様が言ってくれた。期待しているだけだと。だから厳しくされているのだと。

君は愛されているのだと。だから私は、愛されているのだと思った」

「…………」

「父様や母様、イリスだって、君を愛していると思うよ──そう兄様が言ってくれたから、
私はそうだと思った。イリスにもそれを伝えた。他に言葉をかけてくれる者はいなかった
から、それが私の真実になった」

「…………」

「しかしある日、またいつもどおりのがっかりした顔で、母様が言った。こんな出来損な
いから、本当に優秀《ゆうしゅう》な子供が生まれるかしら？」

「………」

「それに父様が答えた。少なくともフェリスには、かつて遠い昔、エリス家始まって以来の才能とうたわれた兄妹《きょうだい》だった私と、おまえの血が流れている。さらにもう一度私の血が加われば、可能性はあるだろう？」

その言葉がなにを意味しているのか、すぐにわかる。

フェリスがなにをされようとしているのか。それともされたのか。

その話を聞き、ライナは自分の中に強い怒《いか》りを感じる。その場に。その、彼女の過去に、自分がいて、彼女を守れなかったことに、怒りを感じる。

彼女はただ、続ける。

でもたぶんこれは、話したくない話だ。だから彼女はいままでこの話をしなかった。

ずっと、彼女は、この話をしなかった。

だがいま、彼女はこの話をすることを、選んでいた。

その理由はなんだ。

その理由は──

彼女は、続けた。

「ああ、わたくしがもう一度、兄様の子を孕《はら》むことができれば……本当に、光栄に思いなさい。兄様の子を産むことができるなんて……さあ、なにをしているんです。早く服を……」

とそこで、

「なあフェリス」

彼女はこちらを見る。その彼女を見つめて、ライナは言った。

「この話をすると、おまえは救われるか？　もししたくないなら……」

が、彼女は首を振《ふ》った。

「私はこの件では傷ついていない」

「嘘だね」

「本当だ。私は傷つく前に兄様に守られた。この日、兄様が両親を……」

が、ライナは言った。

「そんなはずない。傷つかないはずない。じゃなきゃこの話を、いま、しようと思うはずがない」

彼女はこちらを見る。か弱い少女のように見える。彼女の育った環境《かんきょう》が、あまり明るいものではないことはもう、わかっていた。でなければこんなにも強くはなれない。暗く、辛《つら》い、劣悪《れつあく》な環境で、鍛錬《たんれん》を続けてこなければこんなふうにはなれない。

だがそれでも、彼女の心は美しいまま維持《いじ》された。

彼女の輝《かがや》きは、美しいままで。

それはきっと、ルシルが守ったのだろう。

だがそれでも、傷はつく。

どんなに守ろうとしても、美しいものには傷がつく。

ならどう守ればいいか。彼女を守っていた兄は死んだ。

保護者は消えた。

そのことに彼女は傷ついて、弱って、救いを求めている。

ライナは立ち上がって手を伸《の》ばす。彼女の手を取って引き寄せる。その拍子《ひょうし》に足があたってお茶がこぼれた。だがそれを気にしている暇《ひま》はない。だんごがひっくり返ったらきっと彼女は怒《おこ》るだろうが、お茶はいいだろう。

だから、無視して、彼女を胸に抱《だ》く。

ぎゅっと、強く、彼女を抱く。

彼女は抵抗《ていこう》しない。ただ、不思議そうに言った。

「……なぜ私は抱かれた？」

「おまえが傷ついてると思って」

「私は傷ついてない」

「そうか」

「兄様に守られたんだ」

「そうだな。でもその兄貴はもういない」

「…………」

「だけど安心してくれ。これからは、俺が守る」

「……馬鹿《ばか》が。おまえを守るために、私はこの話をしてるんだぞ」

「いまの話のどの部分が俺を守るんだよ」

と言うのに、彼女は胸の中で、彼女の理論を話す。

「聞け」

「聞いてる」

「兄様が守ってくれなければ、私はいま、存在できていない。だから私は親を知らない。そんな私に、子供が育てられるだろうか?」

「……そりゃ」

できると思うよと、簡単に言おうとする。なにせ実際にできているのを、彼は未来の光景で見てしまっているから。

彼女は素晴《すば》らしい母親で、かわいくて素直な子供を産む。子供たちは頭もよくて、元気で、未来について夢を膨《ふく》らませるような子たちだった。

その未来はないが。

しかし子供たちはそれを知らずに元気に育つ。

その子供たちを見るときの、彼女の顔には愛が溢《あふ》れていて。

それを、彼は伝えようとするが、しかしそのまえに彼女は言った。

「だが不安なのは、おまえも同じだ。バケモノだの、生きる価値がないだの、散々逃《に》げ回って」

「……あー、いや、確かにそうなんだけど」

「でも今日、怯えてばっかりのおまえが、勇気を出してくれた。なら、私も怯えず応えたいとそう思ったから」

「この話をした？」

彼女はうなずく。

「ああ。私はおまえと違《ちが》って怯えない。おまえを受け入れることにも怯えない。それを証明するために、いますぐ妊娠《にんしん》することにしたんだ」

「ってすげーなおい」

純粋《じゅんすい》にそう思った。やはり彼女は強く、輝いている。ルシルが守りたいと思う気持ちがわかる。

でも、輝いているからといって、傷つかないわけではない。

急がないとまた、なにかを失うかもしれないと、彼女は考えているのだ。

ルシルが、消えてしまったように。

「わかった。おまえの覚悟《かくご》は」

「わかったか」

「わかった」

「思い知ったか」

「思い知ったよ」

「よし、じゃあ妊娠するぞ」

「いやだから急がなくていいって。だっておまえ、怖《こわ》いんだろ？」

「別に妊娠するのは怖くない。子供を育てられるかどうかも、きっと、頑張《がんば》ればどうにかなる」

「じゃあ、なにが一番怖い？」

「おまえもいなくなることだ」

と、彼女は言った。

それに腕《うで》の中の彼女の体が、少し震《ふる》えるのがわかる。ルシルが死んだばかりで。彼女はとても傷ついていて。

その、彼女の目は、怯《おび》えている。

彼女の気持ちを安心させるにはどうしたらいいだろう。

彼女の過去を暗いものじゃなく、未来へ繋《つな》がるものにするにはどうしたらいいだろう？

そんなことをライナは考え、しかし、その考えも間違《まちが》いだと気づく。

さっきの彼女の過去を聞いて、わかってしまった。

自分のことを考えて、わかってしまったのだ。

人の心に必要なのは、誰《だれ》かに必要とされること。

彼女は兄に守られたと言った。これは本当だろう。兄が妹を愛した。必要だと言った。

それだけで、彼女の心は輝きを失わずにすんだ。

なにがあったとしても。

どんなことがあったとしても、自分は、誰かに愛されていると思えれば、生きることができる。

自分もそうだ。フェリスに、シオンに、みんなに、両親に、愛されているともう、実感し始めている。

そしてそれが、自分をこの世界で生かすための原動力になっている。

だから人に必要なのは、誰かを救うために必要なのは——心配したり、哀《あわ》れんだりすることじゃない。

ただ、欲《ほ》しいといって、愛することだ。

それだけが心を支える。

生きる意味になる。

だから、ライナは言った。兄を失ったか弱い少女に、

「フェリス。もう怯えなくていいよ」

「……だから私は怯えてなんか」

「ルシルがいなくても、俺がおまえを愛してやる」

「…………」

「俺がおまえを欲しがるから、もうおまえに不安はない」

「おまえは、なにを……」

彼女の顔がまた、真っ赤になって。だが無視して彼は、彼女の頭に手を添《そ》える。金色の柔《やわ》らかい髪《かみ》の感触《かんしょく》。それから小さな頭の感触。その頭を引き寄せて、彼は、彼女の唇《くちびる》に自

分の唇を押しつけた。

　彼女はそれに、

「……あ」

と、だけ言った。

一瞬《いっしゅん》だけ驚《おどろ》いて、体がこわばって、抵抗するような動きをしたようにも感じられたが、その抵抗もすぐになくなった。

　彼女の唇は柔らかくて、まるで自分の心が、彼女の中に、彼女の心が、自分の中に入ってくるような気がする。

　不安が減っていく。自分の。それがわかる。彼女の中の不安も同じように減っていればいいなと、彼は願う。

　しばらく唇をあわせ、それから、離《はな》した。

「ふはっ」

と、彼女は息を吐《は》く。

　顔は真っ赤なままで。それがあまりにかわいくて、胸が少し痛む。

　彼女も胸を押さえて苦しそうにしてから、こちらを見て言った。

「い、いまのはいったいなんだ」

それに彼は、少し照れたように肩《かた》をすくめ、

「あー、嫌《いや》だった？」

「いや……その……嫌ではなかった」

「そか」

「いったいなんだ」

「これも知らない感じ？」

「いや、知っている。キスだろう？　違うか？」

「それそれ」

「だがこれは恋人《こいびと》がするやつだろう」

「俺ら恋人じゃないの？」

「結婚《けっこん》したんじゃないのか？　結婚したら夫婦《ふうふ》だ」

「夫婦もやるやつだろ」

「夫婦もやるのか」

「たぶん……夫婦の経験ないから俺もわかんないけど」

父さんと母さんもしてたんだろうかと、ふと思う。二人は仲がよかったみたいだから、普段《ふだん》からキスをしていたんじゃないかと、思う。短い結婚生活だったはずだが、その中で、

キスをして、笑い合っていた時間がたくさんあったならいいなと思う。

そこでフェリスが急に、大発見をした！　みたいな顔で言った。

「あ！　わかったぞ！」

「なにがわかったの？」

「これであれだろ！　妊娠するんだろ！」

「あ～」

「確かにそんな感じはあった。体の中が変化するような雰囲気《ふんいき》が。まずいぞライナ。私はもう妊娠しているかも……」

「してないよ」

「してないのか！」

「してない」

「これほどのことでしてないとなると、いったい、なにをしたら妊娠するんだ」

などと言って、彼女はちょっと怯えるような顔になる。

「………」

そしてそれに、ライナもちょっと怖くなってきた。

確かに、この反応のフェリスに、これ以上のことを自分ができるのだろうか。

考えれば考えるほど、なんというかとても不安になるので、

「あー」

「おいライナ。これは大変なことだな」

「うーんと、俺も大変だと思うけど、ちょっと、妊娠については別途《べっと》本を用意するから待って」

「勉強用の本があるのか？」

「探してみる」

「私が……」

「おまえが探してくる本は間違い過ぎてるからだーめ」

「馬鹿《ばか》にしてるのか」

「ちょっとキスのあとすぐ殴《なぐ》ろうとするのやめてくれませんかね」

彼女はそれに、振《ふ》り上げた拳《こぶし》を見てから、どんっと、彼の胸に、拳を当てた。

でもそれは優《やさ》しかった。

いつもの、異常に強く、常人なら即死《そくし》してしまいそうな勢いの拳ではなく、軽く押しつけるような拳で。

「突然《とつぜん》キスしてびっくりさせた罰《ばつ》だ」

「かわいいなぁ」

「……う？　照れさせるのもやめろ。殴るぞ」

「えええ、じゃあもう褒《ほ》めないほうがいいの？」

「いや褒めろ。あがめ奉《たてまつ》れ」

「どうやんだよそれ」

恋愛《れんあい》初心者には難しい注文だった。だからライナはとりあえずもう一度軽くキスをした。

「あわわ」

と、実際に彼女はそう言った。

でも嫌そうではなかった。彼女はまた胸を押さえ、顔を真っ赤にして少し彼から離れて、

「……お、おいライナ。これは、大変なことだぞ……」

なんてまた言った。

確かにそう思う。

ライナは苦笑《くしょう》して、

「わかってる。わかってやってる。ルシルが生きてたら殺されてるな俺」

フェリスはそれにまた、首をかしげる。

「そうなのか？　これは悪いことなのか？」

「いや悪いことじゃないよ。でも、ルシルから奪《うば》って、おまえを俺のものにしてる」

「…………」

「ごめんなフェリス。兄貴が死んだばっかのおまえの、弱みにつけこむタイミングでのプロポーズになっちゃったよ」

「…………」

「ほんとはもっと早く、ルシルが生きてるうちに結婚させてくださいって挨拶《あいさつ》にいくべきだったのかも……」

だがそうはならない。

いつだって、なにかを失うまでは大切なことに気づかない。

十年しかこの世界にはタイムリミットがないと言われても、未来を見せられ、子供たちの笑顔《えがお》を見せられ、その上でその子供たちに未来がないというのを見せつけられるまでは、今日という日の大切さにも気づかなかったのだ。

だから、ルシルがいなくなるまえにプロポーズする、なんて展開は、ありえなかった。

いつだって失うまで、気づくことができないから。

フェリスがこちらを見て、言う。

「きっと兄様も、おまえを許した」

「どうかな」

「なぁライナ」

「うん」

「なんで急にプロポーズした？」

「………」

「兄様と向こうで、なにを話した？」

それは、神の世界での話だ。

シオンと、ルシルと、ミルクと、ライナだけが入り込んだ、神憑《かみつ》きの世界。

そこでルシルが言った言葉を思い出す。

彼はこう言っていた。

『まったく、うんざりだよ。君みたいに眠《ねむ》そうで、やる気のない、馬鹿そうな男の前で嬉《うれ》しそうに笑う妹を見るのは。でも妹は笑う。君さえいれば、どの未来を選んでもしばらくの間フェリスは幸せでいられる。その側《かたわ》らに私は必要ない』

確かにもう、許されていたのかもしれない。彼女を保護する者として、自分は選ばれた。

『おまえは、私の妹が、好きなのか？　もし好きなら、妹を守ってやってくれ。私はそのために君に喰《く》われてやる。もしも世界と、妹、どちらか選ばなければならない、という選《せん》択肢《たくし》があったなら、君はフェリスを選べ。それを約束するなら、私は君に喰われて、君の半身になろう』

ライナは、フェリスを見つめて言った。

「おまえを守れってさ。おまえを守るなら、ルシルは俺に喰われて半身になるって」

「じゃあ、おまえは兄様に言われて」

が、それは遮《さえぎ》る。

「違《ちが》う」

「じゃあなぜ」

「未来を視《み》たんだ。ルシルが喰った、『未来眼《トーチ・カース》』っていう力で」

「あの、ティーアと一緒《いっしょ》にいた……」

「ああ、それ」

エーネのことだ。やはり呪《のろ》われた魔《ま》眼《がん》を――『未来眼《トーチ・カース》』を持って生まれた、少女のこと。

「だがあれは寿命《じゅみょう》を」

「少しな。でも今回のは、たぶん、ルシルの命を使って視た」

フェリスは、悲しそうな顔をする。当然だ。そして兄はもう戻《もど》らない。

ライナは続けた。

「で、そこで」

彼はあのとき視た未来について、彼女に話した。
・すべてをあきらめて、しかし二人の家族がいる未来。
・あきらめずに戦い続けて、しかし結局皆殺《みなごろ》しにされる未来。
どちらにせよ、絶望しかなかった。絶望がどのタイミングでくるかの差だけだ。

最後は死ぬ。

未来が失われて、消える。

世界はリセットされる。

フェリスは言った。

「回避《かいひ》できないのか？」

「わからない。だけどどのルートを通っても回避できないように見えた」

「……困るなそれは」

「でも、未来が変わらないわけじゃない。だから小さいことからでも変えることにした。たとえば、俺が最もしなそうなことをする、とか」

するとと彼女は少しだけ不機嫌《ふきげん》そうな顔になって、

「プロポーズするとかか？」

が、それにライナは首を振った。

「いや、俺が自分から逃《に》げないで、欲《ほ》しいと思ってるものを、ちゃんと欲しいと言うってことだ」

「……ふむ。で、欲しいものとは？」

「おまえと生きることだ」

彼女の表情から、不機嫌さが消える。彼は続ける。

「未来じゃ、戦うのをあきらめて十年過ごすのが一番幸せそうだった。んで、子供ができて生まれるのがいまから四年後だった。たぶん、プロポーズするのもずっとあとだ。なんかきっといろいろ逃げて、俺がうじうじしてたんだたぶん」

「いつものあれか」

「そそそ。いつものあれ」

「最低なクズ男だからなおまえは」

「その嫁《よめ》だけどなおまえは」

「私は最高だ」

「はいはーい」

と、彼は笑う。

彼女はこちらを見て、続ける。

「だがおまえは今日プロポーズした。すると未来はどうなる？　変わったか？」

もちろんわからない。まだ視てないのだ。ライナは指で自分の右まぶたに触《ふ》れて、

「視てみよか？」

と聞くと、フェリスは首を振った。

「だめだ。視たらおまえの寿命は減るだろう？」

「でも世界は十年しかないっぽいからなぁ」

「その十年後以降も生きるために、いまから戦うんじゃないのか？」

「まあそうなんだけど」

「ならだめだ。おまえの寿命は私のものだ。おまえは永遠に私とだんごをあがめ奉り、ひれ伏《ふ》して仕えるのだ」

「うへぇとんでもなくロマンチックだな」

「だろう」

と、彼女は微笑《ほほえ》む。

ライナも笑う。そして指を、目から離《はな》す。未来を視る気はなかった。というよりも、『未来眼《トーチ・カース》』の仕組みが、いまいちよくわかっていなかった。

未来を視る。

それはとてつもない力だ。

だが一方で、なにか確定されている未来を視るということは、それは不可避《ふかひ》な未来を視る、ということなはずだった。

しかし『未来眼《トーチ・カース》』で視た未来は、行動次第《しだい》では回避することができるらしい。

違う選択肢を進めば、違う展開になる。

もちろんいまは、ゴールは同じだ。

十年後に滅亡《めつぼう》するというゴールは同じ。

だが、そのゴールを除けば、なにかを選択するごとに、展開は変わる。果たしてそれは、未来を視ていることになるのだろうか？

選択を一つ変えるだけで未来が変わるのであれば、それは妄想《もうそう》ではないのか？

「…………」

もしくは、これ自体が罠《トラップ》の可能性もある。

この『未来眼《トーチ・カース》』という魔眼を作ったのが誰《だれ》なのかはわからないが——だが人間を作ったものがいるとして。

それがじゃあ、神的な何者かだったとして。

なぜそいつはこの魔眼を、人間に与《あた》えたのか？

未来を視る能力を人間に与えるメリットはいったい、なんだ？

この、ゴールは必ず滅亡するという未来を、俺たちに見せるのにはいったい、なんの意味がある？

と、彼は自分の瞳《ひとみ》に触れた手を、見下ろす。

エーネが視た未来。

ルシルが視た未来。

そして自分が視た未来。

でもこれは全部、罠じゃないのか？　この未来を視ると、視た者は不可避の滅亡へ向かっていると信じ込むように出来てるんじゃないのか？

で、その未来を視たことで、いまの現実が破滅《はめつ》へと向かうようになるんじゃないか？

「………」

という、仮説も考えられる。

もちろん真実はわからない。

この目は本当に未来を視ることができて、そしてその未来が事実として不可避な滅亡へと進むから、『未来眼《トーチ・カース》』が視る未来も滅亡しか選べていない、という可能性もある。

もしくは、検証が足りないだけで、滅亡を回避する未来が見つかるのかもしれない。

だが、とにかく、

「………………」

と、彼は目を一度閉じた。

瞬間《しゅんかん》、フェリスがライナの手をつかむ。

「『未来眼《トーチ・カース》』はだめだ」

だが無視して、彼は瞳を開いた。

すると彼の目に、朱色《しゅいろ》の五方星《ごぼうせい》が輝《かがや》き始める。

フェリスが言った。

「……ん？　それは『複写眼《アルファ・スティグマ》』だ」

「うん」

「それは使っても寿命は……？」

「縮まらないよ。子供のころから使ってる」

「ならいったいそれで、なにを見てる？」

「俺の中にある、『未来眼《トーチ・カース》』を」

「ほう……解析《かいせき》できるのか？」

「ん〜。どうかな」

と、彼は、自分の中を見る。自分の瞳の中を。いや、『未来眼《トーチ・カース》』の呪術式《じゅじゅつ》は、彼の目を離れ、脳へと広がり、さらに、世界へと拡散していた。

世界中に充満《じゅうまん》する精霊《せいれい》へとアクセスしていて。

「……なんか、とにかくすげぇ複雑」

と言うと、フェリスは言う。

「だが見えてはいる？」

「うん。前は見えなかった。魔眼は魔眼に見えてるだけだったんだけど……ルシルも入って、俺の能力が上がってるからかな。見える。ルシルが助けてくれてる」

「……兄様が」

「ああ」

「で？」

と、聞かれるが、しかし簡単じゃなかった。この魔眼《まがん》がなぜ、この能力を持っているのか、その理由を解析するには、けっこうな時間がかかりそうだ。それでもしばらく見る。『未来眼《トーチ・カース》』を。

なぜその『未来眼《トーチ・カース》』の術式が作られたかを。作った奴《やつ》の意図を。なぜこれが起動し、機能しているのかを探《さぐ》っていく。

「ん～」

「どうだ」

「んんん～」

「どうなんだ」

「んんんんん～～～、疲《つか》れる。これ」

脳細胞《のうさいぼう》をフル活動させてしまって疲れ果てて、彼は『複写眼《アルファ・スティグマ》』を消す。

すると目の前にはまた、現実の光景。

こぼれたお茶と、だんごと、美しいけど乱暴な女が一人いて。

「ちょっと宿題だなこりゃ」

と言うと、彼女はうなずく。

「だが『未来眼《トーチ・カース》』を勝手に使うのは禁止だ」

「おまえの許可がいるって？」

「私の許可も、シオンの許可も必要にしよう」

その意見には賛成だった。

『未来眼《トーチ・カース》』はおそらく不完全だ。本当は『未来眼《トーチ・カース》』を使ってしまったせいで、世界は滅亡に向かっている可能性すらある。未来がそうなるのではなく、視《み》てしまったことが現実に影響《えいきょう》している可能性が。

だからライナは言った。

「わかった。勝手に視ない」

「そうしろ」

「つーか、『未来眼《トーチ・カース》』は使う前に研究対象だ。なんせこれは、神の未来すら視えるからな」

と自分で言って、やはりこれはおかしいと気づく。

この目は、十年よりもさきの未来は視えないのだ。滅亡まで限定の透視《とうし》能力。

「う〜ん」

と、彼は考え込み、それから言った。

「さて、じゃあプロポーズもうまくいったし」

「予定があるのか？」

「会議があるって言ってたぞ。世界を守ろうぜ会議」

ミラーが招集していた。

いま捕《と》らえているガスタークの連中も集まるはずだ。人類の未来について、これからどうするかを話し合わなければならないはずだった。

持っている情報をみなで出し合い、対策を練る。

しかしライナは、その会議には出る必要がないかもしれないとも思っていた。会議の参加者は優秀《ゆうしゅう》な奴らばっかりだ。

ルークに、フロワードに、ミラーに、シオンもいる。

おまけになぜか、ガスタークの連中までいる。

リル。スイ。クゥとは戦ったことがある。まだ幼いクゥはさておき、リルとスイは、強く、頭もいい。さらにリーズと名乗る、ガスタークの参謀《さんぼう》役まで一緒《いっしょ》にきていて、おまけに彼らはキファを守った。その一点だけで、信用してもいいと思える。

あいつらは人間で、敵が神なら、人間は全員仲間だろう。

さらにローランドで一番魔術《まじゅつ》に詳《くわ》しいであろうカショク・カシャもいる。

つまり、いまこのローランドには、ローランドとガスタークの頭のいい奴がたくさん集まっていて、そいつらが情報交換《こうかん》して意見をまとめるのであれば——

「俺は会議、出なくていいんじゃないかなぁ。報告だけもらえば、あとはやるべきことはそれぞれ勝手にやってたほうがいいと思うんだけど」

と呟《つぶや》きながら、もう一度右目だけ『複写眼《アルファ・スティグマ》』を発動する。そしてその瞳を閉じる。右目だけで、『未来眼《トーチ・カース》』の解析を始める。

片方だけなら、一気に疲れ果てることもなかった。解析はゆっくりになるが――

フェリスが言う。

「右目、どうした？」

「いや、時間がもったいないから、片目は解析に回す」

「左目は？」

「昼寝《ひるね》用」

「それじゃ両目ともつぶってるじゃないか」

「ははは」

と言ってから、もう一度庭園のほうを見る。左目だけで。

陽《ひ》が傾《かたむ》いてきている。

もうすぐ会議の時間だ。

「俺は城に戻《もど》るけど……おまえも狙《ねら》われてるから、なるべく一緒じゃないとまずいよな」

そう。彼女は狙われているはずだった。

なにがどうしてそうなるのかはわからないが、なんでもフロワードの話では、いま、そうことになっているらしい。

1・ライナが――いや、悪魔《あくま》が――愛に飢《う》えていれば、世界はあと十年でリセットされる。

2・しかしライナが愛を得て安定すると、世界の理《ことわり》を壊《こわ》してしまう。

だからフェリスは狙われる。

シオンも狙われる。

キファもそのせいで狙われたが、たぶん、もう彼女は安全だ。

それはライナが、はっきりと気持ちに上下をつけたから。

いつまでも自分のせいでとか、自分には生きる価値がないとか言って逃《に》げないで、シオンと、フェリスだけに執着《しゅうちゃく》し、この二人を生きる理由にした。

そうなるように、自分で決めた。

だから狙われるのはたぶん、この二人だけになるだろう。

その代わり、この二人を失えば理性を保てない。

それがわかる。

この二人を失えばきっと、自分はなにもまともな思考ができなくなるのが、わかる。

「…………」

だが一方で、この状況《じょうきょう》は未来に対する希望でもあった。

外の神ではない、謎《なぞ》の存在がエルトリア共和国を援助《えんじょ》しているという。

そしてそいつがこれを言ってきたらしい。

未来がきちんと破滅《はめつ》するようにするため、ライナの大切なものを奪《うば》うのだ、と。

逆に言えばそれは、未来が変わる可能性があるということだ。

シオンと、フェリスを守り切り、そして自分が理性を保ったまま、この世界に対峙《たいじ》することができれば、なにか、未来が──

フェリスが言う。

「よし。では私は道着を、着替《きが》えてくる。一緒に城へいこう」

「ん」

彼女は道場を出ていった。

その後ろ姿を見て、いまだ、自分が告白やらプロポーズをしたことが、信じられなかった。
そして少しだけ、未来を視たくなる。
これでなにが変わったのか。
二人の明日《あした》が、あさってが、一年後が、どういうものになっているのか。
それを視たいという誘惑《ゆうわく》が、心の中に生まれる。
「…………」
だが、我慢《がまん》する。視てしまったらつまらないから。
結局人生は、
「自分の手でつかみ取るものだ、とか、どっかのやる気ある偉《えら》い人は言うのかねぇ」
と、彼は半笑いで右手を上げる。その手を、左目だけで見る。
自分にはやる気はない。
いまだやる気はない。
本当ならなにも頑張《がんば》らずにずっと昼寝をしてたいだけなのだが――でも、
「あとちょっと。十年だけは、頑張ろうなぁ」
そのまま庭園に出る。その庭園に、武装した兵士が数人やってくる。ライナと、そして
フェリスを守るために、フロワードが手配した護衛役だ。

「ライナ・リュート様」

「ん？　ああ、会議までもう時間がないって？」

が、護衛役が首を振《ふ》って、

「屋敷《やしき》の外に、陛下が」

「へ？　シオンがきてんの？」

兵士がうなずく。

「なにに？」

「それは私には」

「まあいいや。いく」

彼は振り返って、

「フェリス。俺ちょっと先外出るぞー」

と声をかけるが返事はない。当然だ。この屋敷はとんでもなくでかいのだ。だがまあ、彼女もすぐに出てくるだろう。

ライナは庭園から出る。

さらに屋敷の門の外へと出る。

すると外には、馬車が三台とまっている。

一台はライナが乗ってきたものだ。

もう一台は、もしも別々に移動するならと思って、フェリスのためにシオンが用意してくれたものだった。

そしてそこに、さらにもう一台、シオンがいつも使う、お忍《しの》び用の質素な馬車が増えていて。

その外にシオンは立ってにこにこしている。

その、にこにこ顔のいじめっこ大王を見て、ライナは顔をしかめる。

「なんでにこにこしてんだよ」

するとシオンは嬉《うれ》しそうに言う。

「どう？　ふられた？」

「だからなんで嬉しそうなんだよ」

「ははは」

「つーかなんでくるわけ？」

「やじうま」

「くそだろ」

「はは。いや会議だから、迎《むか》えにきた。あ、それとも、二人っきりがよかったかな？　新《しん》婚《こん》だけに。新しい枕《まくら》を送ろうか？」

「うぜぇ〜こいつまじで」

と、ライナは言いながら、シオンへと近づく。彼の横に並ぶ。

シオンは相変わらず楽しそうに、フェリスの屋敷を見上げている。

「ライナとフェリスが結婚《けっこん》ねぇ」

なんて、呟《つぶや》く。

その横顔を見る。その顔は、なにか、懐《なつ》かしいものを見るような表情をしている。

ライナも同じほうを見てみる。フェリスの屋敷。その向こうに広がる空はもう、黄昏《たそがれ》を迎えていて、どこかもの悲しい感じがする。

「なあライナ」

「んー？」

「初めて会ったときのこと覚えてる？」

「……覚えてない」

と言ったが、もちろん覚えている。

ローランド帝国《ていこく》の、図書館だ。ライナが図書館で昼寝をしていて、シオンが夜中にこっそり勉強しようと入ってきた。

それからあの演習場でちゃんと出会うまでにはさらに半年以上かかった。

知り合ってからも仲良くなるにはかなりかかった。

その間に仲間たちが皆殺《みなごろ》しになって、キファが泣いて、ライナは牢《ろう》に二年も入って。戻ってきてもまだ、二人は仲が良かったとは言えない。

世界はあまりに暗くて。この国は本当に暗くて。

シオンはずっと、思い詰《つ》めた顔をしていた。どんなときも、いつも独りでなにかを背負うような顔。でも他人だったころは、そんなことはどうでもよかった。

じゃあいつからだろう。シオンに笑って欲しいと思うようになったのは。ずっと逃げていたはずなのに、そんなふうに思うようになったのはいつからだろう。

なんてことを少し、ライナは考える。

「…………」

空がどんどん赤くなる。

夜がくるのだ。

で、また、一日が終わる。

十年しかない中の、一日が。

ライナはその、空を見上げながら言った。

「初めて会ったとき、おまえはいっつも辛《つら》そうな顔してた」

するとシオンはこちらを見て、

「いやー、おまえ絶対初めて会ったときのこと覚えてないよー。あれだぞ。演習場で、キファの『稲光《いづち》』でおまえがばーんって吹《ふ》っ飛んだときが初対面じゃないんだぞ？」

なんて言うが、それが初対面じゃないことはライナも知っている。

だから、言った。

「図書館だろ？」

「おっと」

「おまえが俺の昼寝《ひるね》邪魔《じゃま》したんだ」

「昼寝って、あれ夜中だったぞ」

「夜寝邪魔すんのはもっと悪いだろ」

「ははは。あれからもう、何年経《た》ったかなぁ」

「うーん」

「あれから……何人死んだかな」

と、シオンが小さく言って。

ライナはそれに、肩《かた》をすくめる。

「すげぇ前のことな気がするよ」

「俺も」

「おまえとまた一緒《いっしょ》に、並んで立てるなんて思わなかった」

その言葉に、シオンがこちらを見てまた、

「俺も」

と、言って笑う。その笑顔《えがお》があまりに無邪気《むじゃき》で、ライナはほっとする。

その顔はもう、あまり思い詰めていなかった。独りでなにもかも背負い込んでいたころの顔じゃなかった。

つまり、そういうことだ。

シオンも前に進んだ。

なにもかもを背負うのはやめて、自分の弱さを受け入れたのだ。

でも、弱さを受け入れるというのは、逃《に》げるということではない。

いままでとはまったく別の方法で世界に対峙し、絶対に滅亡《めつぼう》するという運命と、戦う、と決めたということだ。

だから、戦わないと——

ライナはうめくように言う。

「俺らやれっかなー」

シオンがこちらを横目に見て、言う。

「結婚生活のこと？」

「いや世界のこと」

「あ、そっちか」

「そりゃそっちだろ」

「でも世界を変えるために、プロポーズ急いだんだろ？」

「まあそうだけど」

「結果は？」

「んー」

「もう子作りした？」

「なんなのおまえ」

「ははは。おっとなー」

と、シオンは笑う。本当に嬉しそうに笑う。

それにライナは、やばいと思う。完全にシオンはいじめっ子スイッチが入っている。こういうときのシオンは本当にめんどくさいのだ。

だから話をさっさと終わらせることにした。

「あー、シオン」

「なに」

「結論から言うと、結婚のオッケーはもらった」

「お」

「話は以上」

「キスは？」

「………」

が、それに、シオンは急になぜか驚《おどろ》いたような顔になってこちらを指さし、

「って、それもうした顔じゃない？」

「おまえなんなんだって」

「うわ、それした顔だ。うわー、まじかー。ライナとフェリスが？　嘘だろ？　百年くらいは手も繋《つな》げないに一万票くらいいれてたのに」

「つーかおまえさぁ」

「どうだった？　感想言ってみ？」

「おま」

「あ、でも、初キスってわけじゃないもんな。おまえキファとキスしたこと……」

「ちょ、おまえそれだめだろ。そういうのってよくなくない？」

するとそれに、シオンは微笑《ほほえ》む。少しだけ悲しげな顔で。

「それくらい言わせてくれよ。俺、キファに怒《おこ》られたんだから」

なんて言う。

ライナはそれに、シオンを見る。キファはシオンに会ったのだ。そうだ。三人は、同じ訓練場の、同じチームだった。まだ、三人ともにまるで力がないころ。

同じ戦場に出て、仲間を失った。

ライナは、言う。

「なんでおまえが怒られるんだよ」

「俺がおまえをフェリスに引き合わせたから」

「ああ〜じゃあおまえが悪いな」

と言うのに、シオンはこちらを見つめたまま、

「……キファはおまえのこと好きだったからなぁ」

「………」

「でも、道は分かれた。まさかおまえが誰《だれ》かを受け入れてプロポーズする日なんてくると

は思ってなかったよ」

それは、確かにそうだ。シオンはさらに続けた。

「ルシルがおまえをフェリスの相手として許すとも思わなかった」

「ほんとだよ」

と、ライナはうなずく。

だが思い出せば、最初からルシルはそれを許可していた、ということになる。

大切な妹が、『複写眼《アルファ・スティグマ》』保持者と旅することを、ルシルは許した。

つまりその当時から、ルシルはずっとフェリスを見守っていて。

この世界の絶望と向き合っていたのだ。

いや、それはリューラも同じだ。ずっとずっと、この世界を維持《いじ》しようとしてくれていた先達《せんだつ》たちがいて、それがもう、みんな死んでしまった。

それにライナは、

「……今度は俺らが大人になる番だけど、俺らにできるかなぁ」

と言うと、シオンがこちらを見て言った。

「大人？」

「うん」

「それってなんか、エッチな意味で？」

「おまえぶっ飛ばすよ？」

シオンはまた、笑う。それから空を見上げ、

「なれるよ。ならなきゃなんないなら、なるしかないわけだから」

「そんなもんかねぇ」

「知らない」

「知らねーのかよ」

「俺おまえと同い年だぜ？」

「でも王様じゃん」

「肩書《かたが》きだけなー。いや、これでもけっこう俺、大人として頑張《がんば》ったつもりだったんだけどさ」

と、シオンが言う。

確かにこいつは頑張っていた。独りで。ずっと。誰《だれ》よりも大人だったように思う。

ライナがうなずいて、

「確かに」

と言うと、シオンはおどけるように肩をすくめて言った。

「そーれが、ちゃんと弱さを認めたり、無理なことは無理だーとか子供みたいに言っちゃわないと大人になれないーみたいな展開になって」

なんて、言う。

結局誰もが、同じようなところをぐるぐると回る。強くなりたい。でも強くなれない。その、弱い自分を受け入れるまではもう、前には進めない。

ライナは、言った。

「シオンは我慢強《がまんづよ》すぎんだよ」

「おまえに言われたくないけどね」

「俺は我慢強くないもん。眠《ねむ》かったら寝《ね》たいし」

「俺だってほんとは寝たいけどねぇ」

「じゃあおまえも俺と一緒に昼寝する？」

「おまえと同じだけ昼寝したら国が滅《ほろ》びるよ」

と、シオンは笑った。

ライナも笑った。

シオンはフェリスの屋敷《やしき》を見上げ、

「難しいなぁ。大人になるのは」

「おまえも結婚《けっこん》すれば？」

と、ライナが言うと、シオンが半眼でこちらを見る。

「プロポーズ成功した瞬間《しゅんかん》に上から目線？」

それにライナは笑い、胸をそらして、

「すげーだろ。尊敬していいぞ」

「すげー」

「ははは。つか、シオンは誰かを好きになったりしたことあるんだっけ」

と、聞く。

だがこの話はもう、昔、したことがある。

かつて、王位継承《けいしょう》争いをしていたころは、誰かを好きになっても、その相手は殺されていた。だからシオンは、親しい人間をそばにおかなくなった。

実際に、ライナと同じ時期に仲間になった奴《やつ》らは、キファを残してみんな殺されてしまった。

キファもローランドの貴族に妹を人質にとられ、人生を狂《くる》わされていた。

そしてその後は、彼はルシルに憑《つ》かれてしまった。

《勇者《アスルード・ローランド》》に取り憑かれ、全身を蝕《むしば》む痛みと絶望と戦うだけの毎日になってしまった。

いまはたぶん、レムルスの結界のおかげで《勇者》からの痛みは半減しているだろうが、きっと、誰かを好きになるような、そんな余裕《よゆう》はなかっただろう。

それをわかってて、

「シオンにも誰か必要だろ」

と、ライナが言うと、シオンは答えた。

「でも七か月後にはまた、全身が痛くなるしなぁ」

「それは俺がなんとかする。レムルスの結界の強化法も見つけ——」

が、シオンは遮《さえぎ》って、

「じゃあそうなってからにしよう。俺には恋愛《れんあい》とかは早いよ」

「でも」

「俺のは、遺伝するんだよライナ」

と、シオンは言う。

「《勇者》を誰が受け継《つ》ぐのか？　その争いが、王位継承のときにあった。で、勝ち抜《ぬ》いたら俺にきた。そんなの子供には受け継がせられない。だからこの問題を解決するまでは——」

「恋愛しない？」

「つか、恋愛の仕方なんて忘れたよ。誰かを好きになると、みんな死ぬ。殺される。親しい人間で生き残ってくれたのは、おまえくらいだ」

と、疲《つか》れたようにシオンは言った。

そしてそれは、お互《たが》いがそうだった。

周りにいる人間を幸せにできないのだ。いつもみんな、なにもかもが台無しになってしまう。

あの戦場で。

キファが裏切って、タイルや、トニー、ファルや、チームの仲間たちが皆殺《みなごろ》しになったとき。

シオンはすべてが自分の過失だと言っていた。

すべてが自分のせいだと思い込んで、逃《に》げる。

たぶん、結局、二人は心の奥底は似ているのだ。

あの戦場で、二人。

似たもの同士で生き残って。

で、いまだ生きて、ここであほ面《づら》さげて空なんか見上げてしまって。

「なーんかなぁ。空が赤いなぁ」

と、なんの意味もないことを、ライナは言った。

するとシオンが同じ空を見上げて答えた。

「赤いなぁ」

「んじゃ、シオンはもう恋愛しないのか」

「まあ、この体が治るまでは……ってか、おまえが治してくれるんだろ？　なんせおまえは、ローランドの天才魔術師様《まじゅつし》だ」

それに、ライナは開いている左目に、『複写眼《アルファ・スティグマ》』を起動する。朱色《しゅいろ》の五方星《ごぼうせい》でシオンを見る。

シオンの中にある呪《のろ》いを見る。

だが、それを分離《ぶんり》するのは大変そうだった。きっと、『未来眼《トーチ・カース》』を解析《かいせき》するよりもずっと大変そうだ。

だが、それでも、ライナは言った。

「……俺が責任もってやる。絶対に。おまえを救う」

と。

それは無責任な言葉だ。

できるかどうか、わからない言葉。

だが、覚悟《かくご》を持って、彼はそう言った。

シオンを救う。絶対に。それはこの命を全部使ってもだ。

するとそれに、シオンは答える。

「んじゃ、それまでは恋愛はいいや。それどころじゃないしな」

「……そか」

「ああ。それに、おまえが話し相手になってくれるしな。それで十分救われる」

と、彼は言う。

空は赤い。

それを見つめる。

かつてはその、赤い空を見ると、いつも血を連想した。

自分の手はいつも血で真っ赤にそまっていて。

いつも戦場の真ん中にいて。

人の死を、見過ぎていたから。

でもシオンといると。フェリスといると。それを忘れていることが多い。今日だってそうだ。

夕日を見て、ただ、美しいと感じる。

だらだらとゆっくり時間が流れる。隣《となり》にはいつもより少しだけ楽しそうに笑う親友がいて。で、だんご娘《むすめ》が着替《きが》えるのを待っている。

その時間の中で、ライナは言った。

「なあシオン」

「んー？」

「いまみたいな時間がずっと続くといいのにな」

するとシオンが、こちらを見たのがわかる。ライナは空を見たまま。ただ、この幸福な、穏《おだ》やかな時間が、ゆっくりと進んでいってしまうのを、陽《ひ》が落ちていくので計る。

そして思う。

強く思う。

本当に、この時間が。

いまみたいな時間がずっと続くといいのに——いや、そうなるように進もうと、強く願う。

するとそれに、シオンが答えた。

「ああ。そうだな」

「………」

「で、きっと」

「…………」

「俺らなら、やれる。そうだろ、ライナ」

という問いに、ライナは答えた。

「ああ、そうだ。シオン。俺らならやれる」

二人はそう、決意した。

第二章　未来会議

会議はあっという間に共有化された。

そもそも話し合うことによって新たに考えが進む、というような事柄《ことがら》は少ないのだ。

お互《たが》いの情報を、お互いに共有するだけ。

それも、ライナとフェリスが合流するまでの時間に、その情報の共有はすでに終わっていたようだった。

その内容の書面化までされていた。読むだけでお互いの状況《じようきよう》や報告内容はわかるようになっていた。

やはりいま、このローランド帝国《ていこく》には世界中の優秀《ゆうしゆう》な奴《やつ》らが勢揃《せいぞろ》いしているのだ。

で、今回の会議で話された、いままで知らなかった新しい内容といえば——ひとつはライナしか知らなかったことについてだ。

・『未来眼《トーチ・カース》』で視《み》た未来について。
・しかしその『未来眼《トーチ・カース》』には不確かさがあるように思えることについて。これは解析《かいせき》することでもう少し、未来についてわかるかもしれないことについて。

解析には『王立魔導《まどう》研究所』第一位研究者の、カショク・カシャと、さらにガスタークの奴らが協力してくれることになった。

ガスタークの奴らは魔眼を殺してその力を利用していたので、その分野には詳《くわ》しいのだという。

そのガスタークがやってきたことについては、多少——いやかなり、抵抗《ていこう》があるが、もう、そういうことをどうこういっている場合ではなかった。

場合によっては、ティーアたちにも協力してもらいにいく必要があるだろう。

ティーアはガスタークと手を取り合うことを受け入れないかもしれないが、未来のためには人間は（魔眼保持者たちを人間と呼んでいいのであれば）、お互い手を取り合って進むしかなかった。

そしてその呼び出しのための書簡は、すぐに魔眼たちの集落へと出された。

とにかく全員、ローランドに集めるのだ。

きっと、結局、ティーアたちはきてくれる、と、ライナは思っていた。

他《ほか》に、ライナが知らなかった情報でいうと、ローランドの革命のときに、シオンやミラーたちが、《勇者》を誰《だれ》が継承《けいしょう》するのか？ という争いを行っていた——という話があった。その後、《勇者》とはいったいなんなのか？ という研究をミラーたちがしていた、という情報もあった。これについてはガスタークの連中も研究していた。

《勇者》を保有しているシオンの傘下《さんか》に納まると、《ニンゲン》は《ニンゲンα《アルファ》》とはなんなのか？ 《ニンゲン》と《ニンゲンα》になって、《勇者》の力を増大させてしまう術式へと変貌《へんぼう》する——ということについてなのだが。

これも、味方であるシオンの力が増大すると考えていいのか、《勇者》の力が増大すると、世界の滅亡《めつぼう》へのシステムが稼働《かどう》するだけではないか？ と考えたほうがいいのか、それはわからなかった。

この世界は、《勇者》か『女神《めがみ》』、のどちらかが終わらせることになる——という情報がいくつもあることをガスタークの連中が教えてくれた。

《ニンゲンα》が増えると《勇者》が『女神《めがみ》』を皆殺《みなごろ》しにし、そして世界ごと破壊《はかい》する。《ニンゲンα》が足りないと最後は『女神《めがみ》』に《勇者》は食い殺され、世界はそのまま

『女神《めがみ》』に食いつぶされる。

どちらにせよ世界は終わるのだが。

しかし、その話からすると、まるで人間という存在は、《勇者》や『女神《めがみ》』が使う、術式のためのエネルギーにすぎないように聞こえた。

そして人間が使う魔法《まほう》も同じような仕組みだった。

宙空に充満《じゅうまん》している精霊《せいれい》を移動させて使う。いくつかの精霊が、いくつかの精霊を食いつぶしたり、連鎖《れんさ》させたりしながら、魔法陣《まほうじん》や、光の文字を描《えが》く。

だから《勇者》や『女神《めがみ》』の使う魔法の源は、人間なのかもしれない——と、ちょっとライナはこの会議を聞きながら思った。

なら、《勇者》や『女神《めがみ》』たちの気持ちも少しはわかる。

急にこの、空間に充満する精霊たちが、理《ことわり》を破って言うことを聞きたくないと言い出して、人間の世界側に攻《せ》めてきたりしたら、そりゃ嫌《いや》だろうなぁと思うから。

と、会議中。

ライナはぼんやりと半眼で、会議室の中に充満する精霊の動きを眺《なが》めていた。

「…………」

眺めている間も、話は続く。

新情報は他には、ガスターク側から話された、《勇者》、『女神《めがみ》』に続く、新しい存在についてだ。

・《司祭》と呼ばれる、やはり神のような存在が、ガスタークの後ろ盾《だて》についていたこと。

・《司祭》というのは、《女神《めがみ》》や《勇者》たちよりも、さらに高位の存在として振《ふ》る舞《ま》っているような態度や、文献《ぶんけん》が見られるということ。《司祭》は、《人間》も、『女神《めがみ》』も、《勇者》も、すべてコントロールしているような発言や態度を取るということ。

つまりもしかしたら、この《司祭》という存在が今回の破滅《はめつ》を回避《かいひ》するための敵なのかもしれないが。

「…………」

どちらにせよ、まだまだ情報は足りなかった。お互いの情報を共有化しても、《神》の世界のことはよくわからない。

なにせ相手は神なのだ。

なんのためにこの世界を作り。

《人間》や魔眼保持者や、生き物を作り。

生まれたり死んだりさせているのかは、わからなかった。

そしてわからなくて当然のことだ、とライナは思う。

人はなぜ生まれ、なんの意味があって生きるのか？

なんて、それはあまりに哲学《てつがく》や宗教的な問いで、本来なら答えは見つからないもののはずだった。

どの宗派や思想でだって、その類《たぐい》のことは心の中で自分で見つけるもののはずだ。

そもそも神やらなんやらは、概念《がいねん》上の問題のはずで。

だが、今回の問題はその、作り主である《神》によるものなので、「まじかよ神様と戦うのかよそんなの無理だろまじで」と、ライナはその馬鹿馬鹿《ばかばか》しさにため息がでそうになるが――

しかし、その日の会議に集まっている連中はそういう息抜《いきぬ》き的なものは通じない奴らだった。ただ、真顔で、どう神を殺していくか、もしくは排除《はいじょ》していくかを話し合っていて
――

「…………」

というよりも、
ラッヘル・ミラー。

ミラン・フロワード。

リル・オルラ。

リーグルワーズ・ペンテスト。

この四人がとにかくどんどん議論をし、情報を共有化し、神を殺すという方向へまじめに話を進めていってしまう。

その、あまりのなんというか、やる気溢《あふ》れるリーダーシップ力のぶつかりあいに、

「……これ、俺らいらないよな？」

と、ライナは、小声で左隣《ひだりどなり》にいたフェリスに呟《つぶや》いた。

しかし彼女はそもそも話を聞いていない顔でだんごを頬張《ほおば》っており、

「……ん？」

と、彼の言葉も聞いておらずに言ってきたので、彼は首を振った。

「いや、なんでもない」

それから今度は右隣を見ると、そこにはシオンがいて、苦笑《くしょう》している。

「もうやる気切れかよ。さっきやろうぜって決めただろ？」

「でもこいつらいれば十分じゃーん」

「こいつらの中で王様だった俺の大変さがわかるだろ」

「あー」

と、ライナはうなずく。
彼らにとっては、《勇者》持ちも、《悪魔《あくま》》持ちも、まるで研究対象のような扱《あつか》いで。
ライナは、言った。
「あー、ちょっといいかな」
すると議論が止まり、全員がこちらを向く。
この会議には、十一人が参加していた。
ローランド帝国から、
シオン、ライナ、フェリス。
ミラー。
ルーク。
フロワード。
カショク・カシャ。

ガスターク帝国から、
リル。スイ。クゥの、オルラ三兄妹《きょうだい》。
プラス、リーズ（リーグルワーズ・ペンテスト）。

その中で、ライナは言う。

「……俺、もういっていい？」

すると全員がこちらを見る。

ミラーが言う。あの、昔見たときと変わらない、例によっていつもの渋《しぶ》い顔で、

「どこへだ？」

それにライナは答える。

「昼寝《ひるね》とか？」

するとそれに、リルが言う。

「おまえなめてんのか？」

「いやなめてないけど」

「そういう冗談《じょうだん》言ってるような状況《じょうきょう》じゃないだろ」

というのに、リーズがリルを見て言う。

「いやいやリル。あいつはこういうタイミングでそういうこと言うのがかっこいいと思うような奴《やつ》なんだよきっと」

「ああ、確かにそういう顔してるな」

「だろ。だから言わせてやれよ。ほら、ライナ・リュート。言っていいぞ。いま、なにが

したいって？」

という問いに、ライナは言った。

「えと、昼……」

それを遮《さえぎ》って、

「かっこいー」

と、リーズが言った。

「ひゅーひゅー」

と、リルが言った。

続いてスイがリルを見上げて、

「あの、僕も言ったほうがいいですか、兄さん」

「言ってやれ」

「ひゅーひゅー」

と、スイが言って。

最後に、リーズ、リル、スイの三人が、横にいた妹のクゥのことを見おろす。

するとそれにクゥが答える。

「え、え、ちょっとお兄ちゃんたち、なんでこのタイミングであたしを見るの？　え？

うそでしょ？　まさかあたしにもひゅーひゅーって言えってこと？　無理だって。こんな他国の重要な会議に出て、急に昼寝したいとか空気の読めないおもしろくもない発言で注目集めようとしてるアホ相手だったとしても、ふざけてヒューヒュー言って自分の程度を下げておつきあいしてあげるだなんて無理というか、でもそれが大人の対応ってことならその、あの、じゃあ……」

と、ここで彼女はこちらを見て、

「ひゅー、昼寝ってかっこいー。さすがー。いえいえーい」

と、半笑いで言ってきた。

そのひどい悪意の塊《かたまり》にライナは、後ろを振り返る。

そして、

「俺、やっぱガスターク嫌《きら》いなんだけど」

すると後ろの親友と、そして、結婚《けっこん》相手が二人して言ってくれた。

『ひゅーひゅーかっこいいー』

「家出します」

二人は笑う。

とそこで、ミラーが言った。

「まあ、ライナの言うこともわかる。新情報は出ない。一度解散でもいいな」

「ほらみろみんな。おっさんもこう言ってるぞ」

「誰《だれ》がおっさんだ」

それにルークがぷっと小さく笑って、それをじろりとミラーはにらむ。

「おい」

「……いえ、すみません。先輩《せんぱい》実はまだ若いのにおっさん顔だから……」

そこでミラーが、ルークの頭をはたくように手をあげ、しかしそれをルークはあっさりひょいっとかわす。ミラーは強いが、ルークはそれどころじゃないほどの実力を持っているのをライナは知っている。どちらが頭が切れるのかはわからないが、しかし、戦略ではミラー、戦術ではルークだろう。

そしてその二人のやりとりを、横にいたフロワードがひどく冷たい目で見やり、言う。

「結論が出ないからといって、なにもやることを決めないまま解散するのは愚《おろ》かだと思いますが。特にそのやる気のない男を解放する前に、仕事を決めないと」

するとそれに、カショク・カシャが言う。

「それは私がやります。ライナさん。すぐに『未来眼《トーチ・カース》』の研究を一緒《いっしょ》に始めましょう」

確かに『未来眼《トーチ・カース》』がいったいどういう仕組みで、なんのために未来を視《み》ているのかの研究は、重要なように思えた。

だがフロワードがそれに、異を唱えた。

「ですが『未来眼《トーチ・カース》』の研究をした。それに仮に三か月かかった。結果『未来眼《トーチ・カース》』が正しいとわかった。もしくは間違《まちが》ったとわかった。で？　それでどうなりますか？　意味がありますかね？」

ライナはそれに、フロワードを見る。

「確かに、『未来眼《トーチ・カース》』の研究は無駄足《むだあし》の可能性はあるな」

「では無駄足ではない可能性が高い研究をすべきでは？」

それにリルが言う。

「そう言うおまえに、なにが無駄足じゃないかの判断ができるのか？」

フロワードが答える。

「さて、どれが無駄足じゃないかを討論する場が会議というのでは？」

「ああ、意見がないのに文句は言うやつか」

「意見はありますが、さきにあなたが意見を……」

などとなにやら揉《も》め始めた二人を、リーズが手をぽんっと打って止める。

「敵対していた二か国が協力するのであれば、言葉遣《ことばづか》いは気をつけたほうがいいでしょう。

なので、意見は私から言い……」

が、フロワードが遮る。

「人質に対して言葉遣いを気をつける必要はないと思いますが。それに私は礼を失してはいません。むしろあなたの国の人間を注意されては？」

するとリーズが答える。

「もちろん我が国の人間を注意するつもりで話しました。リル。わかってるだろ？」

というのに、リルはうなずく。

「もちろん。で、ライナ・リュート」

と、なぜかリルがこちらを見る。

続いてフロワードもこちらを見て、続ける。

「いまのやりとりの間で、あなたのやる気のない頭の中でも多少はどの研究から着手すべきか優先順位がつきましたか？」

などと、言い出す。

どうやらリルとフロワードのやりとりは、ライナに思考を進めさせるための会話だったらしい。

それにライナは二人を見つめ、

「なんでそんなめんどくせぇことすんの？」

と聞くと、リーズに、

「頭がいい奴がいれば、指示してくれるって考えてそうだったからじゃないですか？」

なんて言われて、そしてそれは確かに図星だった。

もちろん、すべてを他人《ひと》任《まか》せにしようと思っていたわけではないが、それでも、これだけ頭がいい人材が揃《そろ》っていれば、進むべき方向性は彼らが決めてくれるとは考えていた。

だが、彼らの意見はそうじゃないらしい。そしてガスタークとローランド、両方の意見はすでに一致《いっち》しているらしい。

あくまで、『複写眼《アルファ・スティグマ》』を持っているライナ自身が考えなければならないと考えているようで——

それにライナは半眼で言う。

「ってか、それでもおまえらやりかたがいやらしいんだよ。遠回しにやらなくても、言ってくれりゃそうやるって」

が、それにフロワードとリルとリーズが、

「いえ、言わなくても……」

「やれよ」

「当事者意識」

と続けて言ってきて、ライナはあきれる。

「おまえら仲良しかよ」

するとフロワードがガスターク陣営《じんえい》へ目を向けて、

「勝手に私の言葉のあとに続かないでくれませんか？」

リルが笑って言う。

「仲良しになるか？」

「遠慮《えんりよ》します」

「なんだよ。同じような『忘却欠片《ルール・フラグメ》』使ってるし、仲良くなれるんじゃないか？」

「あなたのような方は趣味《しゆみ》ではないので」

「趣味ってなんだよ」

「…………」

「あ？　おまえそっち系なのか？」

「…………」

「って完全無視されたんだけど」

なんてリルとフロワードの会話を遮って、

「じゃ、解散」

と、ミラーが言う。まるでミラーもライナの当事者意識についての会話が終わったらすべて終わっていいと思っていたかのような態度で。

「ちょっとその態度気にくわないなー。おまえら、俺にやる気出させるためにどうするかとか、会議の前に話し合ってたのか？」

と、ライナは聞くが、完全に無視で再びローランドとガスタークの話が再開して。

その横をすり抜《ぬ》けて、カショク・カシャがやってくる。

「じゃあライナさん。二人で頑張《がんば》りましょうか。あ、一日も休みはなしですよ。監視《かんし》するよう命じられてますから」

なんて言ってくる。

やはり、こいつらはライナがいかにサボらないようにするかの話し合いをしていたのだ。敵国だった二か国が、会議の前に、その話で仲良くなっていたのだ。

それにライナはまた振《ふ》り返る。親友と結婚相手に、「ちょっと聞いてくれよ」と。「珍《めずら》しくやる気を出して世界を救おうとこの会議に参加したのに、この扱《あつか》いどう思う?」と、言うために振り返ると——

フェリスが言った。

「おまえが悪い」

続いてシオンが言った。

「まあ〜、自業自得だよなぁ」

その、あまりに味方のいないっぷりにライナは言う。

「うはぁ、俺やっぱまたティーアのとこへ逃《に》げ……」

が、それにフェリスが拳《こぶし》をあげる。顔面にくらって、

「ぐばぁっ」

と地面に叩《たた》きつぶされる。

そして彼女は言う。

「私のそばにいると言ったのに、また逃げるつもりか。許さないぞ」

続いてシオンがゆっくり近づいてきて、足で胸を踏《ふ》んで、

「俺のことも救うって言ったのに、またあれやるの？　おまえがティーアのほうにいったとき、俺、傷ついたんだぞ。だからもう逃がしてやんない」

などと言って。

それをライナはもう、疲《つか》れ切った顔で見あげる。

楽しそうにするシオンとフェリスを、ひどくめんどくさい、それでいて嬉《うれ》しいような気

持ちで見上げ。

「ああ、もう、めんどくせぇなぁ。わかったよ。俺がここでやりゃいいんだろ？」

と、言うと、シオンが笑って足をどけて、

「ほら」

と、手を差し出してくれる。

その手をライナは取ろうとすると、パンっと、シオンははたく。

それはまるで、ライナがシオンの手を取らずに、魔眼《まがん》保持者たちの集落へいってしまったときのことを再現するかのようで。

シオンはそれに、

「ほら！　ほらいまの、傷つくだろ？　ほらなー」

と、完全ないじめっ子の顔で笑って、ライナはそれに立ち上がりながら、

「いいもんいいもん。俺一人で立ててるもんねーだ」

と、ふてくされた顔で言った。

それを見て二人は笑っていた。

後ろでは他《ほか》の研究についてどうしていくか。限りある研究員の人数を、どの研究にふりわけるかの会話が進んでいる。

この、絶望的な状況《じょうきょう》で、それでも少なくともこの部屋にいる者たちは、誰《だれ》もその足を止めてはいなかった。

そのやる気ある連中をぼんやりと、左目だけで見る。

右目は相変わらず閉じたまま、『未来眼《トーチ・カース》』の解析《かいせき》をしている。だが、この解析をすることが正しいかどうかは、フロワードが言う通り考える必要があるようだった。

しかし考えていないいまは、とりあえず解析を続ける。なにから研究するべきかの手がかりも少ないのだ。なら、なにかの研究が、また次のなにかへの手がかりになる可能性がある。

タイムリミットはもう一年ない。

だが、一年ないからといってがむしゃらに進んだところで光明が見えるわけでもない。効率よく、頭よく、死ぬ気で頑張りながら、しかし頑張りすぎて視野が狭《せま》くならないように、って、

「……難しそうだなぁ」

と、ライナが言うと、横にいたカショク・カシャが気負ったような顔でうなずく。

「私が、もっと優秀《ゆうしゅう》ならよかったのですが」

その、彼女の顔を見る。

それは自分だって同じ気持ちだ。自分がもっと優秀なら。たとえばせめて父さんくらい、魔導の知識があれば、もう少し、未来についてなにか手がかりをつかめるかもしれないのに——なんて考え、でも、父さんは自分に未来と命を託《たく》して死んだことを想《おも》う。

命は父から子へ、繋《つな》がれたのだ。

ならこの命を、精一杯《せいいっぱい》使って未来を繋がないと——

と、彼は、フェリスのほうを見る。

彼女はやはりだんごを食べている。こちらを見て首をかしげ、

「なんだ？」

というので、ライナは答えた。

「なんでもない」

「なんでもないのに見ないだろ。なんだ。なにかまた隠《かく》し事か」

「いやなんでもないって」

「そんな嘘《うそ》が——」

と彼女が拳をあげかけるのを遮《さえぎ》ってライナは言う。

「見たいから見ただけ。なんか先行きが不安になって、落ち着くために、おまえを見た。これでどう？」

「それならばよし」

と、彼女の顔が赤くなり、そして一口だんごを食べ、それから、

「むむぅっ！」

と、言った。

それならばいいらしい。よかった。

とそこで、いまのようなやりとりを一番見られたくない相手が、妙《みょう》ににやにやしているのに気づく。

シオンだ。シオンがこちらを見て、

「えー、なにいまの。なになに」

「………」

「なるほどもうそういう感じなのね。いやー、なんだろなー。お兄さん、なんか嬉しいあ」

「誰がお兄さんだよ」

「おれおれ」

「だれだれ」

「おれだって」

「だから誰だよ」

とそこで、部屋の中央からミラーが言った。

「おまえらうるさいから出ていけ」

「えー」

と、シオンが言う。それからこちらを見て、

「いまの聞いたか？　俺王様なのにあの扱いだぞ？」

「んじゃおまえも裏切ってティーアたちのとこいくか？」

するとシオンがはっと気づいたような顔になり、右手でかっこよく目を押さえ、

「そういえば俺にも、魔眼がある気がする」

なんて言葉に、横のカショク・カシャが少し驚《おどろ》いたような顔でシオンを見上げる。

「……あの、陛下も、そういう冗談《じょうだん》を言う方だったんですね」

それにシオンは笑って、

「ありゃ、こんな状況なのに、ちょっと緊張感《きんちょうかん》が足りないかな？」

確かにここのところ、シオンはよく笑っていた。レムルスの結界が張られたことによって、痛みが緩和《かんわ》したせいだ。

が、カショク・カシャは首を振り、それから少し緊張した声音《こわね》で、

「……いえ、こんな状況だからこそ、陛下は笑っていたほうが民《たみ》は安心すると思います……」

「そう？」

「はい」

「じゃあよかった」

「はい！」

という、会話。

その、いつものナチュラル好青年王様なシオンを見つめ、ライナは言った。

「あーでた。あれがいつもの手口なのかな？」

すると横のフェリスが答えた。

「ああ、例の、女を見てはすぐ始める好青年顔か？　キリ！　みたいな」

「それそれ。キラ！　みたいな」

それにシオンとカショク・カシャがこちらを見てくるが気にしない。

ライナは続ける。

「で、信じた女はめちゃくちゃ仕事させられるんだよ。昼寝《ひるね》もゼロ。休みもゼロ。給料ゼロ。ゼロゼロゼロゼロ」

「ヒモもよりも質《たち》が悪いな。おい女。気をつけろ。そいつに近づくと奴隷《どれい》にされるぞ」

というのに、カショク・カシャは少し怒《おこ》ったような顔で、

「ちょっと、これ以上の陛下の悪口は――」

が、その途中《とちゅう》でシオンが、いままで見た中で過去最高の、美しい、さわやかな、神がかっているほどの好青年顔になって、

「キラ！」

と、言った。

それにカショク・カシャが、

「陛下！」

と、あきれるように言うが、気にせず王様は、

「ってなわけで、いまのキラ！　を見ちゃったやつは、俺の奴隷ね。よーし、みんなで世界を守るために働くぞー」

などと言い出して、ライナは半笑いで答える。

「まじかよ～」

その、ふざけた王様の姿に、気負い込んでいるような顔をしていたカショク・カシャの表情が少し緩《ゆる》む。

それをシオンが見る。

ライナも、見る。

そして。

ライナは言った。

「まあ、んじゃ適度に緊張してやろうかね。本気になってもどうせわかんないような問題に取り組むんだから、頭柔《やわ》らかくしてやらないと」

その言葉に、カショク・カシャがこちらを見て、

「ああ、いまのは私の緊張をほぐすための会話だったんですか？」

と言ってくるが、それについては、

「いや、いまのはでも、いつもの会話だよな？　シオン」

と言うと、シオンが答えた。

「いや俺はいつも好青年だけどな」

続いてフェリスが言った。

「私はいつも美少女だ」

それにライナはうなずいて、カショク・カシャに伝えた。

「ほら、いつも通りだろ？」

と言うと、彼女は、

「はは」

と、笑った。

前より彼女ともほんの少しだけ、距離《きより》が縮んだように思えた。

その、彼女をライナは見つめる。

今後の研究のやり方について、考える。最初は、彼女たちは彼女たち、自分は自分で、別々に研究を進めながら定期的にすりあわせをする、という展開を考えていたのだが、しかし、それもいつもの自分がやりそうな道だった。

なんだかんだといって、他者にはなかなか心を許すことができないのだ。

カショク・カシャ率いる、『王立魔導《まどう》研究所』の研究者たちを使って自分が研究する
——なんてことは、できるはずがないと考えてしまって。

だが、もう、そういうことからも逃《に》げるわけにはいかなかった。

世界の運命がかかっているのだ。

呪《のろ》われた自分が生きる理由を探していただけの日々とはもう、変わってしまった。

なら、どうすればいい？

どうしたらいいか？

「…………」

それを、彼は考えて、それから言った。

「なあ、あんた」

するとカショク・カシャは言った。

「カシャで」

「じゃあ、カシャ」

「はい」

「おまえの下に、いま、何人の研究者がいる？」

その問いに、彼女はあっさり答えた。

「１２００人います」

「おっと、多いな」

「ですがこの件の研究に携《たずさ》われる人数となると——あ、いえ、私を含《ふく》め、きっとあまりお役には——」

「いや、一緒《いっしょ》に研究する。俺もおまえと同じ気持ちだ。父さんなら——リューラ・リュートルーならもっとうまくやったろうけど、俺みたいに半人前の魔術師《まじゅつし》じゃ、太刀打《たちう》ちできないかもしれない」

するとカシャは、こちらを見つめ、

「しかしあなたにはあらゆるものを視《み》ることができる、眼がある。知識や、魔術への才能も、私なんかは比べものに――」

が、遮《さえぎ》って、

「それでも、まだ足りない。独りじゃ足りない。まずはリューラ・リュートルーに追いつく必要がある。だから、異空間にある父さんの研究室の書類を、一緒に開こう。それに俺の眼も、実験体として差し出す。全部そっちの情報として、一度開いてくれないか？」

カシャがそれに、少し驚いた顔をしたあと、

「いいのですか？　それじゃあなたを人体実験に――」

「別にいい。おまえを信じる。だって、俺とおまえは仲間なんだろ？」

「…………」

「なら、おまえを信じる。で、もし俺がなにかを教えたほうがいい奴《やつ》がいれば俺が教える。俺が教わったほうがいい情報があれば、習いたい。そうやって進もう」

そう。

それが、もっとも自分がしなそうなことだった。

誰《だれ》かと結ばれたり。

信じたり。

愛を育《はぐく》んだり。

人を育てたり。

誰かの人生に責任を負ったり。

そういったことはすべて、自分には縁《えん》のないものだと思っていた。

自分自身を好きになれないような奴に、誰かを愛することなどできないのだから。

だが、

「やらなきゃいけないことは、全部俺がやる。わからないことは聞いてくれ。俺がわからないことは全部聞く。それでいいかな？」

と言うと、カシャの表情がみるみる変わる。

こちらを信頼《しんらい》するような——

この絶望的な未来に対して、一緒に戦う仲間を見つけたような、そんな顔になる。

結局そうなのだ。

誰かを信じない限り、誰も信じてくれない。たとえそのさきで裏切られたとしても、もう、傷つくことを恐《おそ》れずに進む。

怯《おび》えて歩かない日々はもう、終わったのだ。

カシャが言った。

「わかりました！　すぐに『王立魔導研究所』で、あなたの受け入れをします。あなたを第一位魔導研究者として――」

「いや客員でいいよ」

「だめです。きちんと所属してもらいます」

「なんでよ。俺がいきなり一位になったら元からいた研究者で反発する奴も……」

「私がさせません。それに、するような人はあなたが実力で黙《だま》らせてください。で、教育するんです。この組織を、あなたの組織にしてください」

「……えー」

「その道のりはそう難しくないと思います。『王立魔導研究所』の研究者たちはみな、かつての大天才、リューラ・リュールー公爵《こうしゃく》に憧《あこが》れています。あの方が残した功績、資料、すべてが完璧《かんぺき》で、みながああなりたいと思ってます」

「いやそりゃ俺もなりたいけど……」

「じゃあなってください。なれるはずです。あなたは公爵の息子《むすこ》です。そしていまだ、この国でも最高の魔術師と呼ばれている。おまけにすべてを見通す眼まで持っている。なのにいままでなぜ、リュートルー公爵のように……」

「ああ、わかったわかったって。前もそれおまえに言われた。俺が怠《なま》け者だったからだろ？」

が、それに、なぜかカシャは嬉《うれ》しそうに言った。

「いえ、あなたはもう怠け者じゃなくなった。そして私たちは天才を手に入れた。第一位魔導研究者の座を、あなたに。そして私は第二位に。私たちを率いてください。私たちは世界最高の魔導研究機関になるのです！」

と、彼女は高らかに宣言した。

そう言ったときの彼女は本当に嬉しそうで、これからくるであろう、魔導的な革新に期待しているようだった。

そしてその気持ちは、少しはわかる。ライナも、魔《ま》法《ほう》については嫌《きら》いではないのだ。

昔から魔法の構成を視るが好きだった。

その構成をいじるのが好きだった。

それは父さんからの遺伝だろうか。父さんの研究書を読むと、まるで、自分と同じような感情で魔法——というものにあたっているのがわかる。

とにかく、わくわくしているのだ。魔法が新しい力を生み出すことに、わくわくしている。

そして途中《とちゅう》でそれが、少し変わる。

たぶん、息子に魔眼が見つかったであろうタイミングで。妻が息子を守るために生け贄《にえ》になったタイミングで、その、わくわくが消えたのが研究書から感じられた。

いや、それはカシャや、別の研究者が読んでも、気づかないかもしれない。ほんのかすかな変化だ。だが、ライナは読んでいてそれに気づく。

かつてのリューラの研究書はすべて、わくわくが原動力で書かれていて。

しかし息子の魔眼をどうにかしようと思って書かれ始めた研究書は、どこか、畏《おそ》れや、狂気《きょうき》や、怒《いか》りが原動力になっているように、読めた。

で、そのほうが、研究は一気に進んでいた。より強い力を、より大きな力を、より効率的な魔法展開力を求め、それらが急激に進歩し、完成していく。

だが、それでも、ライナにはその研究が、広がりがなくなっていっているように見えた。わくわくだけが根幹になっていたときの研究書のほうが、より大きな視野と枠組《わくぐ》みへ向かっていたように、思う。

そしてつまりそれが、

「…………」

自分が、陥《おちい》ってはならないことのように、思う。

生きることを楽しみ、人を愛し、誰かに愛されていると感じていれば、自分は冷静な判断が下せる。

だが、なにかに絶望し、執着《しゅうちゃく》し始めると——

つまり、シオンやフェリスを失ったりしたら、自分はリューラと同じになるだろう。

絶望し、暴走し、目先のなにかを救うためだけの研究を始める。

父さんはそして、母さんを生け贄に捧《ささ》げた。この世界も生け贄に捧げた。

息子さえ救えればよかったのだ。

その姿は、かっこいいと思う。

思うが、しかし、

「……俺はそうならないようにしないと」

と、前に視た未来のことを思う。

あの絶望的な未来を回避《かいひ》し、みんなが笑えるような世界を作るのだ。

昼寝《ひるね》だけしていれば評価されるような世界は——あー、いや、さすがにそれは無理だとしても、それでも、仲間や家族や子供が、未来を夢見ることができるような世界を。

「………………」

彼は左目を開く。そして両目できちんとカシャを見る。これからの、魔導《まどう》研究的な意味での相棒を。そのさきには、1200人もの研究者がいるのだという。その、みんなに伝えるつもりで、彼は言った。

「んじゃ、俺が第一位研究者をやる。でもきっと、俺は怠け症《しょう》だし他人と仕事するのは……」

「全部サポートします！　これでも私は、あなたを除けば研究の分野ではこの国で一番ですから、お任せください」

と、カシャが言う。

さらに後ろでフェリスが、

「スパフェリもいるぞ」

と言って。

さらにシオンが、

「俺もいるしな」

などと言うので、

「俺殺されちゃうよ〜」

と、げんなりとライナは笑う。

スパフェリもシオンもいたらもう終わりだろう。睡眠《すいみん》はゼロにされるかもしれない。

だがきっと、怠けず前に進めるとも思う。

ライナは二人を振《ふ》り返り、それからもう一度カシャを見て、

「んじゃ、やるか。でも、楽しくやるほうがいいと思うんだ。楽しくないと、きっと世界はぶっ飛ばせない」

するとカシャが不思議そうに、

「あの、すみません。いきなりついていけてないのですが、世界をぶっ飛ばすとは、どういう魔導理論の方向性の話ですか？」

なんて言うが、しかしそれは魔導理論じゃなかった。抽象的《ちゅうしょうてき》な、彼の世界と対峙《たいじ》したときの思いだ。

だがカシャは続ける。

「ライナさんの眼では、楽しくやるかどうかというのが結果に影響《えいきょう》すると、そう視えているのですか？」

もちろんそんなふうには視えていない。未来への展望がなにも視えてないからこそ、こんなに慌《あわ》てて頑張《がんば》ろうという話になっているのだ。

だが、それでも、

「ああ」

と、彼は答えた。

カシャの不安を取り除くように。そのさきにいる１２００人の研究者の不安を取り除くように。

「そう、思う。リューラが残した研究書を見て、俺はそう感じる。楽しくなきゃ、わくわくしてなきゃ、この世界に風穴をあけるような研究までたどりつけない。おまけに敵が誰なのかすらわかんねぇけど、その敵は、俺が誰かに愛されて満足するのを怖《こわ》がってるらしい。つまり、楽しく、わいわい、おもしろそうな研究ばっかり選んで――」

というのを遮《さえぎ》って後ろからフェリスが言う。

「毎日だんごを食べて」

さらにシオンが言う。

「日々徹夜《てつや》で」

ライナは顔をしかめて振り返り、

「俺、徹夜してると楽しくないんだけど」

「俺は徹夜のおまえをいじめるのはけっこう楽しいよ？」

「死ねよ」

「ははは」

なんていつもの会話をしてから、ライナはカシャに言った。

「んじゃまあそんな感じで、気楽に急いでやろうぜ？　神様倒《たお》すってんだから、気負わず大風呂敷《おおぶろしき》広げていかないと」

するとそれに、カシャはこちらをじっと見つめる。まっすぐ、なぜかちょっと顔を赤らめて、

「……なんか、やはりあなたはリュートルー公爵の息子なのですね」

「へ？　なんでそう思うの？」

「いえ、生まれながらに、第一位魔導研究者の資質があるな、と。もう研究者たちの気持ちを引き受けて、引っ張ろうとしている」

「そこまで大層な話じゃ……」

「いえ、きっとうまくいきます。あなたが引っ張ってくれれば。ローランド帝国《ていこく》に、リュートルー公爵以来の天才が帰還《きかん》しました。そうみんなに伝えます」

「やめて」

「いえ伝えます」

「だからやめて。すげぇ研究に参加しづらく……」

「みんなすぐにあなたを受け入れる。あなたにはそれだけの実力がある」

それにシオンが、

「ちょーすごいじゃーんライナさーん」

と馬鹿《ばか》にするように言い、フェリスが、

「いい気になるなよライナ」

少し機嫌《きげん》が悪そうに言う。

それに彼は半眼で、

「まあ、ほんとに俺が凄《すご》くて世界をばーんってやれたらいいんだけどねぇ……んじゃまあ、しこしこやりますか。研究所どこ？　どこでやる？」

「まずは準備に少し時間をください。ライナさんの研究室を作ります。リュートルー公《こう》爵《しゃく》の研究資料も全部そこに集め、ライナさんが一番やりやすい形にしますので！　待っていてください！」

と、彼女は駆《か》け出していって。

その後ろ姿を、しばらく見送る。

その横から、シオンが言ってくる。

「ところで気づいたか？　ライナ」

「なにを？」

「カショク・カシャが、おまえに惚《ほ》れたぞ」

「はぁ？　うっそだぁ？」

「でーたー」

「なぁフェリス。おまえも気づい……」

とシオンが言いかけたところで、

「ぐぎゃぁあああああ！」

と、なぜかライナは吹《ふ》っ飛んだ。フェリスに殴《なぐ》られて。そのまま床《ゆか》をごろんごろん転がり、会議をしているガスタークとローランドの頭のいい連中の前に倒れる。

「がふぁ」

と、あまりの衝撃《しょうげき》に咳《せき》が出て、ぐったり上を見上げると、リルがこちらを見下ろして言ってくる。

「……おまえこの非常事態になんなの？」

「いやぁ～」

さらにそのまえにいたフロワードがゆっくりと足をあげて、顔面を踏《ふ》みつけてきて、

「ぐばっ……ってめぇなにすんだよ！」

するとフロワードは首をかしげて、

「なぜ私が怒鳴《どな》られるのです？　それとも、私にはくだらない痴話喧嘩《ちわげんか》を見なければならない義務や責務があると？　いままであんなにやる気がなかったのに、女に告白した途端《とたん》やる気を見せ始めたいきなり君のかっこつけに従わなければならない法があるとでも？」

「……あー、いや」

「そうなら謝罪しましょう。ですがそれはあなたにではなく、そういう法があるのを見逃《みのが》してしまった事実についてです。というわけで、邪魔《じゃま》な虫が現れたので踏みつぶします」

と、足に力を入れてきて、しかしそれに、フェリスが剣《けん》を抜《ぬ》いた。一直線にフロワードへ向けて剣を放ち、首筋で止める。

フロワードはそれに、冷たい瞳《ひとみ》をフェリスに向けて、

「……夫を守る、ですか？」

すると彼女は答える。

「私以外がライナを殴るのは禁止だ」

そんな、とんでもない家庭内暴力発言に、ガスタークの連中が、

「……すげぇな」

「ありゃ変態夫婦《ふうふ》だな」

「キファはいったいあれのなにが好きだったんだ？」

なんて会話をし始めて。

最後にミラーが思い出したかのように、

「ああそういえば、ライナ・リュート」

「んぁ？　なんだよおっさん」

「……妻が……」

と言いかけて、彼は止める。

ミラーの妻は、かつてライナに、魔法《まほう》や戦い方を教えてくれた教官だった。

ライナと、そしてピアとペリアを教えたジェルメ・クレイスロールだ。

いまはミラーと結婚《けっこん》して、子供がいるらしいのだが。

ミラーが言う。

「ジェルメ・クレイスロールが、おまえに会いたがってた」

それに、ライナはミラーを見て言う。

「えー」

「という反応をすると思っていたが。そのまま伝えよう」

「……いや、まあ、なんだ。確かに全然挨拶《あいさつ》してないしな」

するとほんの少しだけミラーが驚《おどろ》いたような顔になる。

それにルークが横から微笑《ほほえ》んで、

「……実はミラー先輩《せんぱい》は愛妻……」

「ルーク！」

と、ミラーがいつも渋《しぶ》い顔をさらに渋く歪《ゆが》めると、ルークは肩《かた》をすくめて、

「ああ、恐妻家《きょうさいか》でしたね」

「ルーク！」

また怒鳴った。それからため息をつき、ライナのほうを見る。

「まあ時間があったらうちに寄れ」

「おっさんちに？」

「俺はいない時間にしろ」

「まあ、わかった」

そして、ことここにいたっては、ピアやペリアもローランドに呼ぶべきだと彼は思う。

そうしたら、全員でジェルメのところへいくのもいいかもしれない。

彼女の厳しい教育のおかげで、今日まで生き残ることができたのだから。

で、いまは、彼女はミラーの子供を産んでいる。

未来が消えれば、ミラーの子供の未来も消えてしまうということになる。

彼は感情をあまり表に出さないが、そういうことを考えながら動いているのだろうか。

ライナは立ち上がって、言った。

「そのうち顔だすよ」

「ああ。そうしろ。妻が喜ぶ」

「はは、奥さん好きなのな」

「なんだそれは。嫌《きら》いな相手とは結婚しないだろう？」

「ああ、まー、そうなんだがー」

と、そこで、ライナはフロワードのほうを見て、言う。

「こっちのノロケにはキックしないの？」

するとフロワードは微笑んで、

「大丈夫《だいじょうぶ》です。あとで殺しておきます」

と、ミラーとフロワードはにらみあいになり、なんか冗談《じょうだん》に聞こえないのでライナは笑って肩をすくめた。

とにかくみんなが仲間だった。

相性《あいしょう》はさておき、大いなる目的に向かう仲間。

「んじゃいきますかねー」

と、ライナは広間の出口へと向かう。

フェリスが横に並んで、言う。

「浮気《うわき》は許さないぞ」

ああ、そんな話で殴られたんだった。それにライナは疲《つか》れた半眼で言う。

「しねーよ」

「そんな甲斐性《かいしょう》ないしな」

「そそそ」

「魅力《みりょく》もない」

「えーと」

「猫背《ねこぜ》で寝癖《ねぐせ》でだらしない上に貯金もないその日暮らしだ」

「ちょっとー」

「私のことを好きなところだけが取り柄《え》の男なのだ。つまりおまえの取り柄は私しかない。感謝しろ」

と、彼女は言う。

もうめちゃくちゃな理論。

しかしその彼女の顔は無表情だがその奥は少し赤らみ、ちょっとだけ嬉《うれ》しそうで、

「まあ、なんかすげぇかわいいから許してやるよ」

と言うと、彼女はさらに顔を赤らめた――


その瞬間《しゅんかん》！

ドンっと、背中を蹴《け》られた。


「あ痛っ」

振《ふ》り返ると、フロワードがキックしてきていて。

ノロケ禁止ということだろうか？

「ってか、おまえここでさらにキックするようなしつこい奴《やつ》だっけ？」

するとフロワードは、

「いえ、違《ちが》いますが……陛下のご命令とあらば私はなんでもします」

などと言う。

シオンのほうを見ると、ものすごく嬉しそうな顔で笑っていて、ライナは半眼で言う。

「てんめぇ、なんか楽しそうだなぁおいシオン」

するとシオンは素直《すなお》にうなずいて、

「いやぁ、なんか楽しいなぁ、ライナ」

と、言った。

彼は本当に楽しそうで。

そしてライナはその、シオンが笑う顔を見るのが好きだった。なにせこいつは、いつも苦しそうな顔をしているから。

「…………」

いや、それはまあ、自分もそうなのだが。じゃあつまり、誰《だれ》かを好きとか、大切という感情は、そいつが心から笑ってくれたらいいなと願うことなのだろうか？

なんて、思う。

シオンが。フェリスが。ミラーが。ルークが。フロワードはまあおいておいても、ガスタークの奴らも、ミルクや、キファも。

みんながそれぞれ、隣《となり》にいる大切な人間を守り切れば、もしかしたら未来は斬《き》り開けるかもしれない。

そうなるように、人生を斬り開いていかなければならない。

ライナはそんなことを考えながら、その広間をあとにした。

第三章　初夜と結婚

それから数か月が、あっという間に過ぎた。

その間、ずっと研究と、あと、結婚の準備をしていた。

結婚をするには結婚式というものをするのだとシオンが言い出し、せっかくだから盛大《せいだい》にやろうというのをライナは断った。

シオンの提案をそのままにしていたら、４０００人くらい集めたものになりそうな勢いだった。

ライナはすぐに『王立魔導《まどう》研究所』に受け入れられたので、呼べばそれくらいはきそうだったが、みんなの前で結婚します――などと宣言するのは自分には到底《とうてい》無理だった。

それでも、この絶望的な未来をなんとかしようという研究をしている者たちにとっては、この話題は支えになっているような部分があるのはわかった。

未来はないかもしれない。

絶望しかないかもしれない。

だが、自分たちのトップである第一位魔導研究者が、結婚し、子供を持つという決断をしているのは、未来をなんとかする責任を負うと宣言しているように見えるからだ。

だからこそ、シオンは盛大にやろうと言った。

その気持ちはわかる。

理由もわかる。

わかるが、やはりライナには無理で、百人くらいでなんとか手を打ってもらった。

で、その準備がなんとなくだらだらゆったり行われた。

まあ、言われるままにいくつかのことを決めただけなので、ライナが頑張《がんば》ることはあまりなかったが、しかし楽しみなこともあった。

フェリスはとても綺麗《きれい》なドレスを着るのだという。

それはローランドの貴族が結婚のときに着るドレスなのだという。

彼女は異常なほどの美人で、どんなに汚《きたな》い格好をしてもそれは隠《かく》しきれないほどなので、綺麗なドレスなんか着た日には目が潰《つぶ》れてしまうほどに美しいだろう。

だから結婚当日は半眼でいようと思う。

彼女の美しさを目《ま》の当たりにして、目が潰れてしまわないように、へらへら笑って、眠《ねむ》そうにしていようと思う。

「…………」

結婚式《けっこんしき》の情報は、大陸中の仲間に伝えられていた。

スフェルイエット民国にいるはずの、

ヴォイス・フューレル。

ピア・ヴァーリエ。

ペリア・ペルーラ。

ゾーラ・ロム。

トアレ・ネルフィ。

中央大陸にいるはずの、

クラウ・クロム。

カルネ・カイウェル。

ノア・エン。

エスリナ・フォークル。

これらの人間が、結婚式にあわせてローランドに訪《おとず》れることになっていた。

本当は、そんなことをしている場合じゃないのに。

「…………」

現在、中央大陸では戦争が起きている。

謎《なぞ》の力に支援《しえん》されたエルトリア共和国が暴れ回っているのだ。

だが、その戦争には、なんとか勝てそうだった。

ローランド帝国《ていこく》と、ガスターク帝国、スフェルイエット民国が手を組んだことにより、この三か国同盟軍は急速にその力を増大し、エルトリア共和国をぐいぐい押し始めた。

それは勢力が強くなっただけじゃない。

お互《たが》いがお互いの魔法《まほう》体系と情報を交換《こうかん》したことによって、魔導軍事力自体が跳《は》ね上がったのだ。

その魔法の統合も、ライナがやった。

『王立魔導研究所』だけじゃない、メノリス大陸中の研究者——数千人を率いて行った。

『複写眼《アルファ・スティグマ》』で解析《かいせき》し、お互いのいい部分を繋《つな》ぎ、悪い部分は削除《さくじょ》していった。

魔法が強くなる。

魔法が強くなる。

研究すればするほどに、昨日までの、今日までの、いままでのこの世の理《ことわり》を歪《ゆが》めるほどに、魔法が強くなっていく。

途中《とちゅう》、いくつかの魔法は、『忘却欠片《ルール・フラグメ》』の能力も超《こ》えた。もちろんそんな魔法を使える魔術師《まじゅつし》はすぐには現れないが、複数の魔術師が協力しあって行えば、それは動き出す。

一人じゃなければ。

人は、独りじゃなく、繋がりあってさえいれば、神に支援されているエルトリア共和国も打ち砕《くだ》くことができる。

大気中に充満《じゅうまん》する精霊《せいれい》を連鎖《れんさ》させて魔法を使うように、ライナは、大陸中を埋《う》め尽《つ》くしている人間を連鎖させて世界を変えることができると思い始めていた。

「…………」

で、だから、大陸中の人間がこのローランドに集まるのだ。

結婚式の日に。

そしてその結婚式は、もう、明日《あした》に迫《せま》っていた。

つまり今日は結婚式の前日だ。

その、目前に迫った結婚式の日に、ライナは独り、ローランドの郊外《こうがい》の丘《おか》にいた。

そこは景色のとてもいい場所で、数か月前、『未来眼《トーチ・カース》』で未来を視《み》たときに、フェリスと、そして子供二人と暮らしていた場所だった。

未来の世界では、彼らはその丘に家を建てて暮らしていた。庭には魔法で揺《ゆ》れるブランコがあり、寝室《しんしつ》には有名な家具屋に作らせた寝心地《ねごこち》のいいベッドをいれていた。

「…………」

と、彼は、未来の景色では家が建っていた場所へ、目を向ける。

そしてそこにはもう、家が建っている。

この数か月で建てさせたのだ。

『未来眼《トーチ・カース》』で視たものとは形も、大きさも違う家。

庭にはブランコがあるが、しかしそれは魔法では揺れない。自分で揺らさなければならないものだ。ブランコを揺らすのに、魔法の力を使う必要ない。彼はそう思った。

家はすでに完成していた。

結婚式を終えたら、すぐにでもここで暮らせるはずだ。

初めはきっと広すぎるだろう。なにせ、子供が七人生まれても大丈夫《だいじょうぶ》なように作った。『未来眼《トーチ・カース》』で視た人数とは違《ちが》う、たくさんの未来を受け止められるように作った。で、未来を塗《ぬ》り替《か》えるのだ。十年で終わったりしないように、この絶望的な未来を塗り替える。

と、そこで。

「ちょっとそこの馬鹿《ばか》ライナ〜」

と、背後で声がした。

聞き覚えのある声。

兄妹弟子《きょうだいでし》の声だ。

振《ふ》り返る。するとそこには、珍《めず》しい青い髪《かみ》を持った女と、閉じたままの目を持った男と、いつまでも子供みたいに自信満々強気そうな顔をした男がいた。

ピアと、ペリアと、ゾーラだ。

彼女たちも、明日の結婚式にあわせて到着《とうちゃく》したのだ。

ピアが、妖艶《ようえん》な瞳《ひとみ》でこちらを見つめて言う。

「結婚するって聞いたんだけど」

それにライナは肩《かた》をすくめてから、言う。

「すっげーだろ」

「どの女？　あたしの許可なく結婚なんかしていいと思ってるの？」

「思ってるけど」

「だめなの。知らなかったの？　あたしよりいい女なんてこの世界にはいないんだから」

と、彼女は相変わらずの女王様っぷりでライナは笑う。

「元気そうでなによりだよ」

「で、どれ」

「どれって？」

「どの女と結婚するのかって聞いてるの」

「ん～。誰《だれ》って言っておまえわかるの？」

「髪色で答えなさい」

「金色」

「顔だけ君かー。最低～」

「うーん」

「あんたのこと大好きだったけなげな赤髪ちゃんはどうしたのよ？」

「振った」

「あんた何様なの？」

「ほんとだよなぁ。俺なんかにはもったいないよ」

と、ライナはため息をつくように言う。

キファはあれ以来、国を出てしまっていた。ローランドとガスタークの間で情報や研究資料を持って行き来する役目を買って出たのだ。結婚式にも出ることができないらしい。

ミルクも同じだった。あれ以来、ほとんど会うことはなかった。ルークがそうしたほうがいいと言ったらしい。だから、会わなかった。会わないほうがいいと、ライナも思った。なにかを選択《せんたく》するということは、そういうことなのかもしれない。なにかを手に入れ、そしてその代わりに失う。そうやって未来が作られていく。

ピアが言う。

「まあでも、褒《ほ》めてやってもいいけどね」

「なにを？」

「あんた、ずっと死にたがりだったから。でもやっと思春期は終わって大人になりましたか」

とそこで突然《とつぜん》、

「なれてりゃいいけどねぇ」

「もうえっちなことはしたの？」

なんてことをピアが言って、ライナはあきれる。

「はぁああ？　なんだそりゃ」

が、彼女は至極《しごく》まじめな顔で、

「だって、この国じゃ結婚式前日に初夜やるのよ？　ね、ペリア」

すると背後のペリアが答える。

「いや僕は知らないけど……なんでピア知ってるの？」

それに今度はゾーラが言う。

「なんでおまえが知らないんだよ。俺らローランド生まれだぞ」

が、ペリアは不思議そうな顔でゾーラのほうへと顔を向ける。だが、本当は顔を向ける必要はない。ペリアの目は、誰かを見ることはできないから。ただ、脳に埋め込まれた全結界で、すべてを知覚することができる。

ペリアは言う。

「どこで結婚の知識なんて身につけるの？　もしかしてゾーラ、昔から結婚願望があったとか？」

「いや、一般《いっぱん》常識的な話として」

が、それにピアが笑って、

「ゾーラはすけべだから」

「違《ちが》っ。ピア、そうじゃなくて」

「ふふふ」

と、彼女は笑う。それからこちらを見て、言う。

「で、やってるの？」

「いやだから、そういうこと普通《ふつう》聞かないだろ？」

「できの悪い弟がちゃんとできるか心配じゃない」

「同い年じゃねーかよ。ってか、おまえらはどうなんだよ？」

という問いに、ペリアとゾーラが、

『へ⁉』

と、慌《あわ》てたように答えるが、ピアは動じない。

「なにが？」

それにライナはピアの背後の二人を見て、言う。

「いやーなにがってこともないけど、頑張《がんば》らなきゃすぐ世界も人生も終わっちゃうぞ」

未来の景色ではそうだった。あのとき、ああすればよかった。こうすればよかった。なのになぜ、自分は、間違った選択をしたのか。それを悔《く》やみながら、フェリスと手を繋いで、この丘から世界の終わりが訪れるのを見ていた。

そうじゃなくたって、明日死ぬかもしれない。

時間なんて、ほんとはないのだ。

とそこで、ゾーラが言った。

「お、俺は、いつだってピアに告白する準備はできてる」

するとペリアが、

「あとからわりこみしないでよ。僕のほうがずっとピアを見てる」

「おまえ目、見えないだろ」

「全結界で──」

「変態的に監視《かんし》してるんだろ！　このスケベが」

「いや、僕は、ピアの服の中とかは見ないように……」

が、そこでピアが言う。

「はいはい、もういい大人がくだらない喧嘩《けんか》しない。どっちも相手してあげるから静かになさい」

なんて、言う。

それにゾーラとペリアが驚《おどろ》いた顔になってから。

ゾーラが言う。

「ええええ、ちょ、それって、え、どういうこと？」

ペリアも言った。

「あのあの、ピア。それは……え、ほんとに？　そういう感じなの？　ほんと？」

完全に女王様体制だった。どうやら彼女の世界は一夫一婦制ではないのだ。もしくは、全部が二人の気持ちをはぐらかすための冗談《じょうだん》かもしれないが、彼女のことはわからなかった。

彼女は続ける。

「んで、あんたも相手してあげようか？　ライナ。初夜が怖《こわ》くて震《ふる》えてるんでしょう？」

ライナはそれに言う。

「遠慮《えんりょ》しとく。浮気《うわき》すると殺されるんだよ」

「もう尻《しり》に敷《し》かれてるの？」

「いや、そこはもう、会った日から尻に敷かれてて」

「情けない」

「俺は情けなくていいんだよ」

「そんな子に育てたおぼえは……」

「おまえに育てられてねーし」

それに、しかしなぜか、ピアは嬉《うれ》しそうにうなずく。

「でも、あんたが幸せそうな顔でよかった」

「え？」

「そんなに幸せそうなら、その女に任せてもいいかも」

「………」

「なんせあたしたちは、姉弟《きょうだい》だから」

するとペリアがうなずく。

「うん。ライナは受け入れてないかもだけど、僕らはずっと君のこと心配してるんだよ」

続いてゾーラが、

「俺は全然心配してねーけどな」

それにピアがゾーラの頭をはたいて、

「あんたは黙《だま》りなさい」

「あ痛っ」

と、頭をおさえる。

そんな昔なじみにライナは微笑《ほほえ》み、

「あー、なんか、俺の結婚式《けっこんしき》にきてくれて、ありがとう」

と、言った。

するとピアがうなずいて、

「感謝なさい。さて、あんた今日、こんなとこにいていいの？　普通は初夜日よ？　一日

た。

「そう。そのはずだった。しかし妙《みょう》に気恥《きは》ずかしくて、二人はぎくしゃくしてしまってい

この数か月で彼女も、初夜とか、子供を作るとかいったことがどういうことなのか、なにをするのか、嘘《うそ》じゃない情報をきちんと勉強をしていて、この話になるたびに妙にお互《たが》い照れてしまって、なにもしないまま今日を迎《むか》えてしまっていた。

もちろん、初夜というくらいだから、正しくは今日初めてするものなのかもしれないが、しかし、まあ、そんなことを守っている奴《やつ》はほとんどいないわけで。

なので、その、ほとんどいないほうになってしまった二人は、今日、とにかく大変なのだった。

だがそんなことを少しでもピアたちに言えばまた大はしゃぎでからかわれるだろうから、言わない。

ライナは丘《おか》の上に建つ家を見て、それから、丘の向こう。

海のある、向こう側。

黒い、滅亡《めつぼう》がくるであろう空へと目をやってから、もう一度ピアたちを見て言った。

「んじゃ俺、準備があるからいくわ」

「ん。頑張ってらっしゃい。明日《あした》楽しみにしてるから」

「いやそんな面白《おもしろ》いだしものは……」

「めちゃくちゃ驚かせてね」

「うーん。なにすればいいかな」

と、うめきながら、ライナは丘をあとにした。

◆◆◆

場所は変わって。

王城の、最近シオンが使っている執務《しつむ》室。

そこでライナはしばらく時間を潰《つぶ》した。

フェリスは化粧《けしよう》をして、ドレスに着替《きが》えているのだという。

なんでも、結婚当日と、初夜の服は別のものなのだという。

それを待つ間、執務室でシオンと二人で待つ。

シオンが言う。

「これ、妙な時間だなぁ」

ライナはシオンを見て言う。

「ごめん」

「いや謝らなくていいけど」

「いやーなんか、緊張《きんちょう》してさぁ」

「だから俺のとこきたの？」

「うん。だって俺に初夜とか無理だろ」

「ははは」

「やー、なんだろ。困るんだよなー」

「落ち着けよ」

「じゃあおまえ初めてのとき落ち着いてたのかよー」

「どーだったかなぁ」

「忘れてるレベルかよ。どんだけ早く初体験してんだよ」

「うーん」

「あれ、シオンってそういうの初めてだっけ？」

「いや」

「最初っていつ？」

「いつだったかなぁ。十四だっけ？」

「知らねぇよ。っつか、大人すぎんだろ」

「なんかそういうことじゃない気がするなー」

と、シオンが言う。

こちらを見て、ちょっと感慨深《かんがいぶか》げに、

「今日のおまえのほうが、よっぽど大人だよ」

「どこが？　こんなうわうわしてんのに？」

「うわうわしてるのがだよ。相手を好きだから緊張してるんだろ？」

「んー」

「傷つけたくないから、緊張してるんだ。すごいよ。偉《えら》い」

「褒《ほ》められても全然落ち着いてこないんだけど」

「じゃあ偉くない」

「褒めてよ」

「なんだよ」

と、シオンは笑う。

それからしばらく、二人は沈黙《ちんもく》する。

時計の音だけが響《ひび》く。

なぜかそれに、このまま時間が止まって、永遠にこの時間が続くような気がする。

いつもこの二人で、執務室で、馬鹿《ばか》な話をした。仕事は前向きにしなければならないのに、仕事が大変なら大変なほど、不毛で、意味のない馬鹿な会話をして。

その時間、ずっと、ライナは救われていて。なら、自分の存在が、シオンの救いになれていたらいいな、なんて、そんなことを思って。

夕暮れ。

執務室に窓から赤い陽《ひ》の光が差し込んでくる。

「シオン」

「んー？」

「なんかさ」

「うん」

「出会ってくれて、ありがとな」

「なんだよそれ」

「いやー」

シオンがそれに、微笑んで、こちらを見る。そして、言う。

「まだずっと一緒《いっしょ》にいるだろ？　なんせ俺らは、未来を変えないといけないんだから」

「そーなんだけどさぁ。頑張《がんば》ってみれば頑張ってみるほど、おまえに会ってから世界が変わったなって思って」

いろいろあったのだ。

そしていろいろあったのに、いまだ生きて、二人はここにいて、馬鹿な話をして。

するとシオンがこちらを見て、それからなにかを思い出すような顔になってから、

「俺もだよライナ」

「ん？」

「俺もそうだ」

と、そう言った。

「そか。じゃあ、おまえも俺に会えて、救われた？」

「ああ」

「じゃあ。それじゃあ……」

よかった——と、ライナは言おうとした。

だがそこで、部屋の扉《とびら》がトントンっとノックされた。
ライナとシオンは同時に扉のほうを見る。
すると扉が勝手に開かれ始める。
それで、誰《だれ》がきたのか、わかった。
この国の王様の扉を、返事もないのに勝手に開けるような奴は、一人しかいない。
扉が開いていく。
するとそのさきに、一人の、美しい女がいる。
彼女はドレスを着ている。
白い、ドレス。
そのドレスはとても似合っていて、いつも以上に彼女はまぶしい。
少し恥《は》ずかしそうに彼女はライナと、シオンを見て、言う。
「どうだ」
するとシオンが、こちらを見て感想言えよといわんばかりににやにやしてきて。
ライナはそれに、
「あー」
と、言った。

「うーんと」

と、言った。

それから、

「綺麗《きれい》だよ、フェリス」

と、言った。

すると彼女の顔が、赤らむ。

シオンが満足気にうなずいて、

「んじゃいけよライナ。俺は仕事があるんだから邪魔《じゃま》すんな」

なんて言って。

それにライナは立ち上がる。フェリスのほうへといく。彼女の手を取る。そこで気づく。

彼女は腰《こし》に剣《けん》を携《たずさ》えていて。

「なんで剣持ってるの？」

と聞くと、彼女はあっさり答える。

「剣の一族だからだ」

「ああ。なるほど。そうだな」

「そうだ」

つまりルシルも一緒ということだ。エリス家は、剣の一族だから。

ライナはそれに、「俺でよかったかな？」と聞きかけて、やめる。

そういうことじゃない。そういうことじゃないのだ。

だから、彼は言った。

「俺が、幸せにするよ」

すると彼女は嬉《うれ》しそうにこちらを見上げ、そして――

「………」

なにかを言おうとした。

だが、言葉は出なかった。

彼女の目が大きく見開いたから。

そしてライナは見てしまう。

その彼女の、澄《す》んだ青い瞳《ひとみ》に――シオンが映っているのを。そのシオンの右斜《なな》め上の空間が、大きく奇妙《きみよう》に歪《ゆが》んでいくのを――

「シオン！」

と、フェリスが叫《さけ》んだ。

同時に、ライナも振《ふ》り返った。

すると執務室に座るシオンの斜め上の空間が歪んでいく。

あきらかにそれは、外部からの侵蝕《しんしょく》だった。

外の世界からの。

神の世界からの侵蝕。

空間に亀裂《きれつ》が入る。その亀裂から、真っ白い手が伸《の》びてくる。

まだ、レムルスの結界が張られているはずなのに、『女神《めがみ》』の手が伸びてきて。

ライナは叫ぶ。

「そんな！　シオン、前に跳《と》べ！」

「く！」

シオンは前に跳ぶ。だが間に合わない。『女神《めがみ》』の腕《うで》がシオンの腕をつかむ。

「くそ！」

と、ライナは走りだそうとする。

だがそれよりもフェリスのほうが速い。彼女は剣を引き抜《ぬ》いて飛び出す。右足でどんっと机の上にあがり、シオンをつかんだ『女神《めがみ》』の腕を斬《き》り裂《さ》く。

シオンは解放される。机の前に転がるように倒《たお》れる。倒れると同時に、シオンも手を動かしている。魔《ま》法陣《ほうじん》を描《えが》く。

だが、そのときにはもう、亀裂から出てきている腕は数十本になっていた。その腕が、今度はフェリスに襲《おそ》いかかろうとしていて。

「引けフェリス！」

ライナは叫ぶ。と同時に、彼の魔法も完成している。

エスタブールの魔法騎士《きし》からコピーした魔法。

指を上げる。

光の文字を空間に描く。

「……我・契約文《けいやく》を捧《ささ》げ・大地に眠《ねむ》る悪意の精獣《せいじゅう》を宿す」

刹那《せつな》、ライナだけじゃなく、フェリスとシオンの全身がうっすらときらめく。この数か月で、魔法の効果範囲《はんい》を改訂《かいてい》したのだ。

三人の脳のリミッターが外れ、全身の加速が始まる。

フェリスは剣で腕を斬り裂きながら、机の上から降りる。床《ゆか》にいるシオンの腕をつかんで引きずりあげて、

「シオン！　怪我《けが》は？」

という問いに、シオンが、

「ない！　求めるは水雲《すいうん》〉〉〉――」

と、魔法を使おうとする。『崩雨《みすみ》』の魔法陣だ。

だがその魔法陣にライナは指を入れて、書き換《か》え、『崩雨《みすみ》』の水が、当たった瞬間《しゅんかん》に凍《こお》るように命じる。

『崩凍裏《みすみ》』

シオンが放った『崩雨《みすみ》』が歪みにぶつかり、そこを凍結《とうけつ》しようとする。

だが、そこで突如《とつじょ》、ギィイイイイインという耳障《みみざわ》りな、甲高《かんだか》い音が部屋中に響く。

そして部屋のいたるところに次元の亀裂が入る。そこから『女神《めがみ》』の腕が入ってこようとする。

それをライナは視《み》る。『複写眼《アルファ・スティグマ》』で。ルシルを食ったことによってより増幅《ぞうふく》されたこの瞳で、それを解析《かいせき》する。

そしてわかる。

『女神《めがみ》』たちも、新しい術式を開発したのだ。

この数か月で、力を増幅していたのは人間だけじゃなかった。

『女神《めがみ》』たちも、人間の世界を破壊《はかい》するために、新しい魔術《まじゅつ》を生み出していた。そしてレムルスの結界を、一年を待たずに一瞬《いっしゅん》だけ、破る方法を見つけ出した。
その代償《だいしょう》は大きい。『女神《めがみ》』たちは大きな犠牲《ぎせい》を出して、この魔術を使ってきている。
その目標は、
「まずいまずいまずいまずい！」
シオンとフェリスだ。
どちらか一人でも奪《うば》われたら、終わりだった。
ライナは立ち直れない。
そして失えば愛に狂《くる》う。
冷静な判断が下せなくなり、リューラ・リュートルーと同じ運命をたどる。
だが、そうはさせない。
どうすればいい？
どうすればいい？
「みんな俺につかまれ！」
と、叫ぶ。それにシオンが右腕《みぎうで》に。フェリスが左腕につかまる。
地面を足でドンドンと踏《ふ》みならす。

「『稲死光《いづち》』！」

と、叫ぶ。

刹那、眼前に魔法陣が生まれ、稲妻《いなずま》が床に向かって放たれる。

放たれた稲妻で床に穴があく。下の階にルークがいた。

「援護《えんご》します！」

と、糸を放ってくる。

ライナと、シオンと、フェリスを囲む、いまやもう、数え切れないほど侵蝕してきた無数の『女神《めがみ》』の腕に絡《から》みつき、切断する。

その一瞬の隙《すき》を狙《ねら》って、ライナは降りようとするが、また、シオンが腕をつかまれる。

シオンの全身が、一本、十本、百本の腕につかまれる。

「くそがっ」

狙いはシオンだ。

ライナは右腕を掲《かか》げる。その手の先に、ルシルが取り込んだ千の魔《ま》の力の一つを生み出す。

その力は剣の形をしている。ルシルの力はすべて、剣の形をしている。

「残餌《ざんえ》――」

と、ライナは呟《つぶや》いた。すると右手に黒い剣が生まれた。この剣は神の食欲《しょくよく》を刺激《しげき》するのだという。神に対して毒を与《あた》えることができるのだという。人間には当たらない。

ただ、ただ、神を内側から呪《のろ》い殺すことができる力なのだという。

だからシオンの体ごと斬る。シオンに影響《えいきょう》はないはずだ。シオンの体ごと、次元の歪みの向こう側へ毒を送り込んでやる。

「おまえら、皆殺《みなごろ》しにしてやる！」

と、ライナは剣を振るう。

瞬間、『女神《めがみ》』の白い腕が紫《むらさき》に変わっていく。

そのまま、次々腐《くさ》って落ちていく。

だがその腕の中の一本に、剣の効果がないものがいた。いや、その腕は、『女神《めがみ》』ではない。違う敵だ。『女神』じゃない。じゃあなんだ。『司祭《しさい》』か⁉

その腕が増え始める。

ライナはもう一度、

「『稲死光《いづち》』！」

と、稲妻をぶつけるが、腕はびくともしない。

腕は、シオンを――

が、そこで、部屋の入り口から声がする。

「闇《やみ》よ、有れ」

フロワードの声だ。闇色の獣《けもの》が二匹《ひき》飛び出してきて、一匹はシオンをつかんだ腕に、もう一匹は、シオンの体に食らいついた。

それにライナは言う。

「フロワード！　このままシオンをここから離脱《りだつ》させろ！」

「当然です」

と、フロワードは言った。

そのまま獣は、無理矢理シオンを連れたまま床の穴に飛び込もうとして。

「ライナ！　フェリス！」

と、シオンは叫びかけて、しかし、姿を消した。逃《に》がしきった。

この部屋以外に亀裂がなければ、シオンは危険を脱《だっ》した。

ライナは隣《となり》にいるフェリスを見る。

自分の、妻になるはずの女を見る。

彼女を幸せにするのだ。そう、彼女の兄に約束したのだ。

だから絶対に、「おまえは絶対守る」と、そう言おうとした。

だがそこで、彼女が、
と言って、急にこちらに抱《だ》きついてきた。なぜそんなことをしたのか、一瞬、ライナにはわからなかった。

「ライナ！」

だが、理由は簡単だった。

腕はフェリスを狙っていなかった。

狙いは、ライナだった。

ライナに攻撃《こうげき》を加えようとして、それをかばうように、彼女が抱きついてきたのだ。

そして腕はフェリスに当たる。

ライナに、抱きついたフェリスの背中に。

彼女の背中で、ずぼっという、奇妙《きみよう》な音がする。部屋に血が舞《ま》う。

「かふっ」

という、小さな、かわいい、彼女の声がする。

それに、ライナは、
「え……」
とだけしか、言えなかった。
彼女を見下ろす。
すると彼女のかわいらしい、桃色《ももいろ》の唇《くちびる》から、血が流れていた。
彼女がこちらを見上げる。
嬉《うれ》しそうな顔。
泣きそうな顔。
楽しそうな顔。
寂《さび》しそうな顔。
いつもの無表情の中に、そんな、いろいろな色が浮《う》かんでいるように見えて。
そして彼女の背中が見えてしまう。
彼女の背中に、穴があいている。
腕《うで》が。
何者かの腕が、彼女の、胴体《どうたい》に、穴をあけてしまっていて。
それは致命傷《ちめいしょう》に見えた。

　あきらかに致命傷に見えた。

「……そんな」

と、ライナは言った。

「嘘《うそ》だ」

と、彼は言った。

彼女を抱きしめて、

「いま、いま助ける！」

と、叫《さけ》んだ。

誰《だれ》か、誰か、

「『死の転移《デルニオ》』を持ってきてくれ！」

と、喚《わめ》いた。

だが彼女は、ただ、ただ、愛《いと》おしいものを見るような目でこちらを見上げ、みるみる力を失っていく。

「嘘だ、嘘だ、嘘だ、嘘だ」

　彼は必死に彼女を抱きしめる。彼女の中の光を。生命を。引き留めようとするように、強く抱きしめるのだが、どんどん、彼女は弱ってしまって。

「嘘だ、嘘だ嘘だ嘘だ、絶対許さないぞ！　絶対におまえを死なせない！」

ライナは叫ぶ。そしてどうすればいいか考える。考える。どうしたらいい。どうしたらいいんだ。

腕はもう、消えていた。亀裂《きれつ》も消えていた。目的を達成したのだ。

彼女は、かすかに残った生で、

「……ああ、くそ……すまないライナ。足手、まといに……」

「大丈夫《だいじょうぶ》だ！　俺が守るから！　いま、いま方法を考える！」

「……ライナ」

「黙《だま》れ！　助けるから。そんなはずないんだ。こんな未来じゃなかった。俺が視《み》たのはこんな未来じゃ」

それとも、未来を変えたからこうなったのか？　俺が、俺が、プロポーズを急いで、未来を変えたから。

だから、こんな未来になったのか？

「……ライナ」

「黙れって！」

「……私は、おまえに会えて……幸せ……」

「嘘だ。嫌《いや》だ。こんなの」

「……おまえに、愛されて」

「嫌だ！　嫌だよフェリス！　俺を一人にしないでくれ」

泣いていた。みっともなく、ライナは泣いていた。

だが、彼女は優《やさ》しい微笑《ほほえ》みで、

「……聞いて、くれ……」

「嫌だ！」

「ライナ……最後の、頼……」

「ううう、うううううううう」

強く抱きしめる。どうにもできなくて。彼女の命が失われていくことを、どうしようもできなくて、彼は、強く、強く、強く、彼女を抱きしめた。

だが、なにも変わらない。そんなことじゃなにも変えられない。無駄《むだ》だ。無力だ。自分は最低のクズだ。

なら、それなら。結局なにも変えることができない、出来損《できそこ》ないのクズなら、一緒《いっしょ》に死にたいと思った。

そう思った。

その解決策があると思った。

それなら、それならまだ、傷つかずにすむと思った。

なのに、彼女は言った。

「……ライナ。私が……いない世界でも、生きろ。世界にはおまえが必要だ……」

「無理だ」

「頼《たの》む」

「無理だフェリス」

だが彼女はそれに、

「頼む。安心して、死にたい」

と、彼女は言って。

でもそれは、ひどい話だった。彼女なしで、このさき、生きる価値を見つけろというのは――

だが、時間がなかった。

それはもうわかった。

彼女にはもう、あと、数秒しか、時間がなかった。

だから、ライナは、言った。

泣きながら、しかし、必死に、すぐ歪《ゆが》みそうになる顔に微笑《びしょう》を浮かべて、

「わ、わかった……」

「……ほんとか？」

「わかったよフェリス」

「よかっ……安心……」

「愛してる。フェリス。愛してるよ」

と、ライナが言うと、彼女はまた、微笑んで……

「私も、愛……」

と、そこまで言った。

そしてそれで終わりだった。

なにもかもが終わりだった。

絶望だ。

世界が消滅《しょうめつ》なんかしなくても、この世界から色を消すことは簡単だった。

シオンが、戻《もど》ってきた。

状況《じょうきょう》を見て、

「嘘だろ」

と、言った。

「嘘だ」

と言った。

だが本当だった。

「う、うわぁあああ」

と、シオンが叫ぶが、もう、なにも戻らなかった。

ライナはただ、ただ、妻になるはずだった彼女の亡骸《なきがら》を胸に抱いた。

プロポーズの結果は、これだった。

勇気を出して、告白した結果、団子娘《むすめ》が出した答えは、「生きろ」だった。

こんな暗い世界で、生きる価値がないはずのバケモノに、生きろと言った。

生きろ生きろ生きろ生きろ。

生きろ生きろ生きろ生きろ。

無理だ。無理だよフェリス。俺には無理だよ。そう何度も呟《つぶや》くが、彼女の声が聞こえる。

彼女の笑顔が浮かぶ。そして言うのだ。

生きろ生きろ生きろ生きろ。

ああ、どうしたらいいんだろう。誰か、助けてくれ。神様——いや、父さん、母さん、俺は、いったいどうしたらいいんだ。

誰にも頼《たよ》ることができなくて、彼が、そう呟いたところで——

カランっと、音が鳴った。

フェリスの腰《こし》から剣《けん》が落ちた。

「…………」

それを見る。それを見おろす。彼女の、剣を。

するとそこには、呪詛《じゅそ》がかけられていた。誰がかけたものかは、一目見ただけでわかった。

父さんが——リューラ・リュートルーが使う魔術《まじゅつ》式だった。

剣の、柄《つか》の部分に張られた、だんごシール。

それを、ライナは見つめて――

「……ああ、俺は、俺は絶対、あきらめないぞ」

と、彼はそう言った。

あとがき

ついにラスト二冊のうちの、一冊が出ました。

大変お待たせしてしまい、申し訳ありません。

きっとこの本を買ってくれる方は、ずーっとずーっと待ってくれた人たちだけだと思います。その、ずーっと待ってくれたみなさんを待たせたことが申し訳ないという気持ちと、待ってくれていた方々がこんなにいるということに感動しています。

本当にありがとうございます。

初心に返ってあとがきに昔よく書いていたことを書きますが、本というのは、読んでくださる方がいないと書けません。

だから、本はみなさんと一緒《いっしょ》に作っているものだと僕は思っています。

そしてこの巻は、長編としては28巻目になります。外伝などをあわせると、小説形式の本の大きさでは48冊目になります。こんなに長く、たくさん書かせていただけるというのは、業界に携《たずさ》わっているたくさんの作家さん、作品の中でもとても珍《めずら》しいことだと思います。

それはひとえに、みなさんがライナや、シオンや、フェリスたちを応援《おうえん》してくださったからだと思います。

それを感謝しています。

そしてライナたちを応援している人間の中には、僕も含《ふく》まれています。

この作品は、僕の人生や想いをそのまま反映しているようなところがあります。まだ若く、なにもわかっていなかった世に出たばかりの僕が情熱にまかせて伝勇伝を書きました。

そして作品を全力で書こうと思うと、自分の中身をそのまま出さなければやっていけません。小手先でやってしまえばそれは、嘘《うそ》になってしまうからです。

だから日々本気で思ったことを作品に書き、するとそれにライナたちが応《こた》えてくれて、それが僕に影響《えいきょう》が戻《もど》ってきて——の繰《く》り返《かえ》しを続けて15年。今日《こんにち》に至っています。

そしてライナや、シオンたちが、あまりにも人生に嘘をつかないから（あんなに昼寝《ひるね》が大好きなのにね（笑））——そのプレッシャーにより、僕もいまのところ、ぎりぎりかもしれませんが、人生に嘘をつかないで生きてこれました。

伝勇伝を通じて知り合った方たちもたくさんいて、この作品のおかげで、僕の人生が素晴らしいものになりました。

つまり、伝勇伝は僕にとってはとてもとても大切なので、ラスト二巻を書く、なんていうと、ものすごくプレッシャーや、心の痛みを感じます。

しかしここまできました。

ライナはとても頑張《がんば》りました。

そしてこうなります。

みなさん、次がたぶんラストです。あ、いや、書き切れなかったらもう一冊くらいはあるかもしれませんが（えー笑）次はラストのつもりでプロットを切っています。

なので、ラストまでみなさん、ライナたちをよろしくお願いします。すごいラストを用意しているつもりです。

てなわけでー！

まじめに話してしまいましたがー。

この本が出たところで、ここからラッシュでいろいろ出ます。

10月20日　この本
11月4日　終わりのセラフ15&コミック版　終わりのセラフ　一瀬《いちのせ》グレン、16歳の破滅《カタストロフィ》
12月4日　小説版　終わりのセラフ8　一瀬グレン、16歳の破滅
と年内はいっぱい本が出ますー。みんなよろしくお願いしま——す！

鏡　貴也

富士見ファンタジア文庫

大伝説《だいでんせつ》の勇者《ゆうしや》の伝説《でんせつ》17

団子娘《だんごむすめ》の出《だ》す答《こた》え

平成29年10月20日　初版発行
令和7年5月5日　再版発行

著者――鏡《かがみ》　貴也《たかや》

発行者――山下直久

発　行――株式会社KADOKAWA
〒102-8177
東京都千代田区富士見2-13-3
0570-002-301（ナビダイヤル）

印刷所――株式会社KADOKAWA

製本所――株式会社KADOKAWA

※定価はカバーに表示してあります。
●お問い合わせ
https://www.kadokawa.co.jp/（「お問い合わせ」へお進みください）
※内容によっては、お答えできない場合があります。
※サポートは日本国内のみとさせていただきます。
※Japanese text only

ISBN978-4-04-070768-6 C0193　◆◇◇

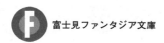

切り拓け！キミだけの王道
ファンタジア大賞
原稿募集中！
賞金
《大賞》300万円
《金賞》50万円
《銀賞》30万円
選考委員
細音啓「キミと僕の最後の戦場、あるいは世界が始まる聖戦」
橘公司「デート・ア・ライブ」
羊太郎「ロクでなし魔術講師と禁忌教典《アカシックレコード》」
ファンタジア文庫編集長
前期締切 8月末日
後期締切 2月末日